Rainer Maria Rilke
Worpswede

SEVERUS Verlag

ISBN: 978-3-95801-516-6
Druck: SEVERUS Verlag, 2016

Satz und Lektorat: Sarah Schwerdtfeger

Der SEVERUS Verlag ist ein Imprint der Diplomica Verlag GmbH.
Bibliografische Information der Deutschen Nationalbibliothek:
Die Deutsche Nationalbibliothek verzeichnet diese Publikation in der Deutschen Nationalbibli-
ografie; detaillierte bibliografische Daten sind im Internet über http://dnb.d-nb.de abrufbar.

Rainer Maria Rilke

Worpswede

Inhalt

Abbildungsverzeichnis

Fritz Overbeck

Hans am Ende

Heinrich Vogeler

Portrait: Rainer Maria Rilke,
gemalt von Paula Modersohn-Becker (1876-1907)

Zum Eingang

Dieses Buch vermeidet es, zu richten. Die fünf Maler, von denen es handelt, sind Werdende. Was mir bei der Betrachtung eines jeden einzelnen vorbildlich war, lautet mit Jacobsens Worten: „Du sollst nicht gerecht sein gegen ihn; denn wohin kämen die Besten von uns mit der Gerechtigkeit; nein; aber denke an ihn, wie er die Stunde war, da du ihn am tiefsten liebtest…“

Zur dritten Auflage

Da der Verfasser dieser Monographie seit längerer Zeit im Ausland lebt, wurde mit seiner Zustimmung ein anderer Kunsthistoriker mit den Ergänzungen betraut, welche die Fortentwicklung der Worpsweder Künstlerschaft während der letzten Jahre notwendig machte. Der Beginn dieser Zusätze ist jedes Mal durch ein trennendes Strichzeichen kenntlich gemacht.

Einleitung

Die Geschichte der Landschaftsmalerei ist noch nicht geschrieben worden und doch gehört sie zu den Büchern, die man seit Jahren erwartet. Derjenige, welcher sie schreiben wird, wird eine große und seltene Aufgabe haben, eine Aufgabe verwirrend durch ihre unerhörte Neuheit und Tiefe.

Wer es auf sich nähme, die Geschichte des Porträts oder des Devotionsbildes aufzuzeichnen, hätte einen weiten Weg; ein gründliches Wissen müsste ihm wie eine wohlgeordnete Handbibliothek erreichbar sein, die Sicherheit und Unbestechlichkeit seines Blickes müsste ebenso groß sein wie das Gedächtnis seines Auges; er müsste Farben sehen und Farben sagen können, er müsste die Sprache eines Dichters und die Geistesgegenwart eines Redners besitzen, um angesichts des weiten Stoffes nicht in Verlegenheit zu geraten, und die Wage seiner Ausdrucksweise müsste auch die feinsten Unterschiede noch mit deutlichem Ausschlagswinkel anmelden. Er müsste nicht allein Historiker sein, sondern auch Psychologe, der am Leben gelernt hat, ein Weiser, der das Lächeln der Mona Lisa ebenso mit Worten wiederholen kann wie den alternden Ausdruck des tizianischen Karl V. und das zerstreute, verlorene Schauen des Jan Six in der Amsterdamer Sammlung. Aber er hätte doch immerhin mit Menschen umzugehen, von Menschen zu erzählen und den Menschen zu feiern, indem er ihn erkennt. Er wäre von den feinsten menschlichen Gesichtern umgeben, angeschaut von den schönsten, von den ernstesten, von den unvergesslichsten Augen der Welt; umlächelt von berühmten Lippen und festgehalten von Händen, die ein eigentümlich selbständiges Leben führen, müsste er nicht aufhören, im Menschen die Hauptsache zu sehen, das Wesentliche, das zu dem Dinge und Tiere einmütig und still hinweisen wie zu dem Ziel und zu der Vollendung ihres stummen oder bewusstlosen Lebens. Wer aber die Geschichte der Landschaft zu schreiben hätte, befände sich zunächst hilflos preisgegeben dem Fremden, dem Unverwandten, dem Unfassbaren. Wir sind gewohnt, mit Gestalten zu rechnen – und die Landschaft hat keine Gestalt. Wir sind gewohnt, aus Bewegungen auf Willensakte zu schließen, und die Landschaft will nicht, wenn sie sich bewegt. Die Wasser gehen, und in ihnen schwanken und zittern die Bilder der Dinge. Und im Winde, der in den alten Bäumen rauscht, wachsen die jungen Wälder heran, wachsen in eine Zukunft, die wir nicht erleben werden. Wir pflegen bei den Menschen vieles aus ihren Händen zu schließen und alles aus ihrem Gesicht, in welchem, wie auf einem Zifferblatt, die Stunden sichtbar sind, die ihre Seele tragen und wiegen. Die Landschaft aber steht ohne Hände da und hat kein Gesicht – oder aber sie ist ganz Gesicht und wirkt durch die Größe und Unübersehbarkeit ihrer Züge furchtbar und niederdrückend auf den Menschen wie jene „Geistererscheinung" auf dem bekannten Blatte des japanischen Malers Hokusai.

Denn gestehen wir es nur: die Landschaft ist ein Fremdes für uns und man ist furchtbar allein unter Bäumen, die blühen, und unter Bächen, die vorübergehen. Allein mit einem toten Menschen ist man lange nicht so preisgegeben wie allein mit Bäumen. Denn so geheimnisvoll der Tod sein mag, geheimnisvoller noch ist ein Leben, das nicht unser Leben ist, das nicht an uns teilnimmt und, gleichsam ohne uns zu sehen, seine Feste feiert, denen wir mit einer gewissen Verlegenheit, wie zufällig kommende Gäste, die eine andere Sprache sprechen, zusehen.

Freilich, da könnte mancher sich auf unsere Verwandtschaft mit der Natur berufen, von der wir doch abstammen als die letzten Früchte eines großen aufsteigenden Stammbaumes. Wer das tut, kann aber auch nicht leugnen, dass dieser Stammbaum, wenn wir ihn von uns aus, Zweig für Zweig, Ast für Ast, zurückverfolgen, sehr bald sich im Dunkel verliert; in einem Dunkel, welches von ausgestorbenen Riesentieren bewohnt wird, von Ungeheuern voll Feindseligkeit und Hass, und dass wir, je weiter wir nach rückwärts gehen, zu immer fremderen und grausameren Wesen kommen, so dass wir annehmen müssen, die Natur, als das Grausamste und Fremdeste von allen, im Hintergrunde zu finden. Daran ändert der Umstand, dass die Menschen seit Jahrtausenden mit der Natur verkehren, nur sehr wenig; denn dieser Verkehr ist sehr einseitig. Es scheint immer wieder, dass die Natur nichts davon weiß, dass wir sie bebauen und uns eines kleinen Teiles ihrer Kräfte ängstlich bedienen. Wir steigern in manchen Teilen ihre Fruchtbarkeit und ersticken an anderen Stellen mit dem Pflaster unserer Städte wundervolle Frühlinge, die bereit waren, aus den Krumen zu steigen. Wir führen die Flüsse zu unseren Fabriken hin, aber sie wissen nichts von den Maschinen, die sie treiben. Wir spielen mit dunklen Kräften, die wir mit unseren Namen nicht erfassen können, wie Kinder mit dem Feuer spielen, und es scheint einen Augenblick, als hätte alle Energie bisher ungebraucht in den Dingen gelegen, bis wir kamen, um sie auf unser flüchtiges Leben und seine Bedürfnisse anzuwenden. Aber immer und immer wieder in Jahrtausenden schütteln die Kräfte ihre

Namen ab und erheben sich, wie ein unterdrückter Stand gegen ihre kleinen Herren, ja nicht einmal gegen sie – sie stehen einfach auf, und die Kulturen fallen von den Schultern der Erde, die wieder groß ist und weit und allein mit ihren Meeren, Bäumen und Sternen.

Was bedeutet es, dass wir die äußerste Oberfläche der Erde verändern, dass wir ihre Wälder und Wiesen ordnen und aus ihrer Rinde Kohlen und Metalle holen, dass wir die Früchte der Bäume empfangen, als ob sie für uns bestimmt wären, wenn wir uns daneben einer einzigen Stunde erinnern, in welcher die Natur handelte über uns, über unser Hoffen, über unser Leben hinweg, mit jener erhabenen Hoheit und Gleichgültigkeit, von der alle ihre Gebärden erfüllt sind. Sie weiß nichts von uns. Und was die Menschen auch erreicht haben mögen, es war noch keiner so groß, dass sie teilgenommen hätte an seinem Schmerz, dass sie eingestimmt hätte in seine Freude. Manchmal begleitete sie große und ewige Stunden der Geschichte mit ihrer mächtigen brausenden Musik oder sie schien um eine Entscheidung windlos, mit angehaltenem Atem stille zu stehn oder einen Augenblick geselliger harmloser Froheit mit flatternden Blüten, schwankenden Faltern und hüpfenden Winden zu umgeben – aber nur um im nächsten Momente sich abzuwenden und den im Stiche zu lassen, mit dem sie eben noch alles zu teilen schien. Der gewöhnliche Mensch, der mit den Menschen lebt und die Natur nur so weit sieht, als sie sich auf ihn bezieht, wird dieses rätselhaften und unheimlichen Verhältnisses selten gewahr. Er sieht die Oberfläche der Dinge, die er und seinesgleichen seit Jahrhunderten geschaffen haben, und glaubt gerne, die ganze Erde nehme an ihm teil, weil man ein Feld bebauen, einen Wald lichten und einen Fluss schiffbar machen kann. Sein Auge, welches fast nur auf Menschen eingestellt ist, sieht die Natur nebenbei mit, als ein Selbstverständliches und Vorhandenes, das so viel wie möglich ausgenutzt werden muss. Anders schon sehen Kinder die Natur; einsame Kinder besonders, welche unter Erwachsenen aufwachsen, schließen sich ihr mit einer Art von Gleichgesinntheit an und leben in ihr, ähnlich den kleinen Tieren, ganz hingegeben an die Ereignisse des Waldes und des Himmels und in einem unschuldigen, scheinbaren Einklang mit ihnen.

Aber darum kommt später für Jünglinge und junge Mädchen jene einsame, von vielen tiefen Melancholien zitternde Zeit, da sie gerade in den Tagen des körperlichen Reifwerdens unsäglich verlassen fühlen, dass die Dinge und Ereignisse in der Natur nicht mehr und die Menschen noch nicht an ihnen teilnehmen. Es wird Frühling, obwohl sie traurig sind, die Rosen blühen und die Nächte sind voll Nachtigallen, obwohl sie sterben möchten, und wenn sie endlich wieder zu einem

Lächeln kommen, dann sind die Tage des Herbstes da, die schweren, gleichsam unaufhörlich fallenden Tage des November, hinter denen ein langer, lichtloser Winter kommt. Und auf der anderen Seite sehen sie die Menschen, in gleicher Weise fremd und teilnahmslos, ihre Geschäfte, ihre Sorgen, ihre Erfolge und Freuden haben, und sie verstehen es nicht. Und schließlich bescheiden sich die einen und gehen zu den Menschen, um ihre Arbeit und ihr Los zu teilen, um zu nützen, zu helfen und der Erweiterung dieses Lebens irgendwie zu dienen, während die anderen, die die verlorene Natur nicht lassen wollen, ihr nachgehen und nun versuchen, bewusst und mit Aufwendung eines gesammelten Willens, ihr wieder so nahe zu kommen, wie sie ihr, ohne es recht zu wissen, in der Kindheit waren.

Man begreift, dass diese letzteren Künstler sind: Dichter oder Maler, Tondichter oder Baumeister, Einsame im Grunde, die, indem sie sich der Natur zuwenden, das Ewige dem Vergänglichen, das im tiefsten Gesetzmäßige dem vorübergehend Begründeten vorziehen, und die, da sie die Natur nicht überreden können, an ihnen teilzunehmen, ihre Aufgabe darin sehen, die Natur zu erfassen, um sich selbst irgendwo in ihre großen Zusammenhänge einzufügen. Und mit diesen einzelnen Einsamen nähert sich die ganze Menschheit der Natur. Es ist nicht der letzte und vielleicht der eigentümlichste Wert der Kunst, dass sie das Medium ist, in welchem Mensch und Landschaft, Gestalt und Welt sich begegnen und finden. In Wirklichkeit leben sie nebeneinander, kaum voneinander wissend, und im Bilde, im Bauwerk, in der Symphonie, mit einem Worte in der Kunst, scheinen sie sich, wie in einer höheren prophetischen Wahrheit, zusammenzuschließen, aufeinander zu berufen und es ist, als ergänzten sie einander zu jener vollkommenen Einheit, die das Wesen des Kunstwerks ausmacht.

Unter diesem Gesichtspunkt scheint es, als lägen das Thema und die Absicht aller Kunst in dem Ausgleich zwischen dem Einzelnen und dem All, und als wäre der Moment der Erhebung, der künstlerisch-wichtige Moment derjenige, in welchem die beiden Waagschalen sich das Gleichgewicht halten. Und, in der Tat, es wäre sehr verlockend, diese Beziehung in verschiedenen Kunstwerken nachzuweisen; zu zeigen, wie eine Symphonie die Stimmen eines stürmischen Tages mit dem Rauschen unseres Blutes zusammenschmilzt, wie ein Bauwerk halb unser, halb eines Waldes Ebenbild sein kann. Und ein Bildnis machen, heißt das nicht, einen Menschen wie eine Landschaft sehen, und gibt es eine Landschaft ohne Figuren, welche nicht ganz erfüllt ist davon, von dem zu erzählen, der sie gesehen hat? Wunderliche Beziehungen ergeben sich da. Manchmal sind sie in reichem, fruchtbarem Kontrast nebeneinandergesetzt, manchmal scheint der Mensch aus der Landschaft, ein anderes Mal die Landschaft aus dem Menschen hervorzugehen, und dann wieder haben sie sich ebenbürtig und geschwisterlich vertragen. Die Natur scheint sich für Augenblicke zu nähern, indem sie sogar den Städten einen Schein von Landschaft gibt, und mit Zentauren, Seefrauen und Meergreisen aus Böcklinschem Blute nähert sich die Menschheit der Natur: Immer aber kommt es auf dieses Verhältnis an, nicht zuletzt in der Dichtung, die gerade dann am meisten von der Seele zu sagen weiß, wenn sie Landschaft umgibt, und die verzweifeln müsste, das Tiefste von ihm zu sagen, stünde der Mensch in jenem uferlosen und leeren Raume, in welchen ihn Bona gern versetzt hat.

***

Die Kunst hat den Menschen kennen gelernt, bevor sie sich mit der Landschaft beschäftigte. Der Mensch stand vor der Landschaft und verdeckte sie, die Madonna stand davor, die liebe, sanfte italische Frau mit dem spielenden Kinde, und weiter hinter ihr erklang ein Himmel und ein Land mit ein paar Tönen wie die Anfangsworte eines Ave Maria. Diese Landschaft, die sich im Hintergrund umbrischer und toskanischer Bilder ausbreitet, ist wie eine leise, mit einer Hand gespielte Begleitung, nicht von der Wirklichkeit angeregt, sondern den Bäumen, Wegen und Wolken nachgebildet, die eine liebliche Erinnerung sich bewahrt hat. Der Mensch war die Hauptsache, das eigentliche Thema der Kunst, und man schmückte ihn, wie man schöne Frauen mit edlen Steinen schmückt, mit Bruchstücken jener Natur, die man als Ganzes zu schauen noch nicht fähig war.

Es müssen andere Menschen gewesen sein, welche, an ihresgleichen vorbei, die Landschaft schauten, die große, teilnahmslose, gewaltige Natur. Menschen, wie Jacob Ruysdael, Einsame, die wie Kinder unter Erwachsenen lebten, und vergessen und arm verstarben. Der Mensch verlor seine Wichtigkeit, er trat zurück vor den großen, einfachen, unerbittlichen Dingen, die ihn überragten und überdauerten. Man musste deshalb nicht darauf verzichten, ihn darzustellen, im Gegenteil: durch die gewissenhafte und gründliche Beschäftigung mit der Natur hatte man gelernt, ihn besser und gerechter zu sehen. Er war kleiner geworden: nicht mehr der Mittelpunkt der Welt; er war größer geworden: denn man schaute ihn mit denselben Augen an wie die Natur, er galt nicht mehr als ein Baum, aber er galt viel, weil der Baum viel galt.

Liegen nicht vielleicht darin das Geheimnis und die Hoheit Rembrandts, dass er Menschen wie Landschaften sah und malte? Mit den Mitteln des Lichts und der Dämmerung, mit denen man das Wesen des

13

Morgens und das Geheimnis des Abends erfasst, sprach er von dem Leben derjenigen, die er malte, und es wurde weit und gewaltig dabei. Auf seinen biblischen Bildern und Blättern überrascht es geradezu, wie sehr er auf Bäume verzichtet, um die Menschen wie Bäume und Büsche zu gebrauchen. Man erinnere sich des Hundertguldenblattes! Kriecht da die Schar der Bettler und Bresthaften nicht wie niederes, vielarmiges Gestrüpp an den Mauern hin, und steht Christus nicht wie ein ragender, einsamer Baum am Rande der Ruine? Wir kennen nicht viele Landschaften von Rembrandt, und doch war er Landschafter, der größte vielleicht, den es je gegeben hat, und einer der größten Maler überhaupt. Er konnte Porträts malen, weil er in die Gesichter tief hineinsah wie in Länder mit weitem Horizont und hohem, wolkigem, bewegtem Himmel. In den wenigen Porträts, die Böcklin gemalt hat (ich denke vor allem an die Selbstporträts), ist eine ähnliche, landschaftliche Auffassung des Gegenstandes zu verzeichnen, und wenn ihn sonst das Porträt so wenig interessiert, ja geradezu unangenehm berührt hat, so liegt das daran, dass er nur wenige Menschen in jener landschaftlichen Art zu schauen vermochte. Der Mensch war für ihn, den der unermessliche Reichtum der Natur verwöhnt hatte, eine Beschränkung, eine Enge, ein Einzelfall, welcher die rauschende Breite der Empfindung, aus welcher heraus er lebte, störend unterbrach. Er setzte, wo er seiner bedurfte, an seine Stelle die Gestalt. Wesen, die von Bäumen geboren zu sein scheinen, gehen durch seine Bilder, und das Meer, das er malt, erfüllt sich mit lautem, lachendem Leben. Alle Elemente scheinen fruchtbar zu sein und die Welt, die der Mensch nicht betreten kann, mit ihren Söhnen und Töchtern zu bevölkern. Böcklin, der wie kaum einer danach strebte, die Natur zu erfassen, sah die Kluft, die sie von den Menschen trennt, und er malt sie wie ein Geheimnis, wie Lionardo die Frau gemalt hat, in sich abgeschlossen, teilnahmslos, mit einem Lächeln, das uns entgleitet, sobald wir es auf uns beziehen wollen.

Auch in die Landschaften des Anselm Feuerbach und des Puvis de Chavannes (um nur zwei Meister zu nennen) traten nur stille, zeitlose Gestalten ein, die aus der Tiefe der Bilder kamen und gleichsam jenseits eines Spiegels lebten. Und diese Scheu vor dem Menschen geht durch die ganze Landschaftsmalerei. Einer der größten, Théodore Rousseau, hat ganz auf die Figur verzichtet und man vermisst sie nirgends in seinem Werke. So entbehrlich ist auch seiner, beinahe mathematisch richtigen Welt der Mensch. Anderen lag es nahe, ihre Wege und Wiesen mit schreitenden und weidenden Tieren zu beleben; mit Kühen, deren breite Trägheit massig und ruhig in der Fläche des Bildes stand, mit Schafen, die auf ihrem wolligen Rücken das Licht der Abendhimmel durch die Dämmerung trugen, mit Vögeln, die, ganz umzittert von Luft, sich in hohe Wipfel niederließen. Und da kam unversehens mit den Herden der Hirte in die Bilder hinein, der erste Mensch in der ungeheuren Einsamkeit. Still wie ein Baum steht er bei Millet, das einzige Aufrechte in der weiten Ebene von Barbizon. Er rührt sich nicht; wie ein Blinder steht er unter den Schafen, wie ein Ding, das sie genau kennen, und seine Kleidung ist schwer wie Erde und verwittert wie Stein. Er hat kein eigenes, besonderes Leben. Sein Leben ist das jener Ebene und jenes Himmels und jener Tiere, die ihn umgeben. Er hat keine Erinnerung, denn seine Eindrücke sind Regen und Wind und Mittag und Sonnenuntergang, und er muss sie nicht behalten, weil sie immer wiederkommen. Und ähnlich sind alle jene Milletschen Gestalten, deren Silhouette so baumhaft ruhig vor dem Himmel stehen, oder, wie von einem immerwährenden Winde gebogen, von der dunklen Scholle sich abheben.

Millet schrieb einmal an Thore: „Ich möchte, dass die Wesen, welche ich darstelle, aussähen, als ob sie ganz in ihrer Lage ausgingen, und dass es unmöglich sei zu denken, dass ihnen der Gedanke kommen könnte, etwas anderes zu sein." Die Lage aber, in welcher sie sich befinden, ist die Arbeit. Eine ganz bestimmte, tägliche Arbeit, die Arbeit an diesem Lande, die sie gestaltet hat, wie der Wind am Meer die wenigen Bäume formt, welche am Rande der Dünen stehen. Diese Arbeit, durch die sie ihre Nahrung empfangen, bindet sie wie eine starke Wurzel an diesen Boden fest, zu dem sie gehören wie zähe Pflanzen, die sich von steinigem Land ein karges Dasein erzwingen.

Ähnlich wie die Sprache nichts mehr mit den Dingen gemein hat, welche sie nennt, so haben die Gebärden der meisten Menschen, die in den Städten leben, ihre Beziehung zur Erde verloren, sie hängen gleichsam in der Luft, schwanken hin und her und finden keinen Ort, wo sie sich niederlassen könnten. Die Bauern, welche Millet malt, haben noch jene wenigen großen Bewegungen, welche still und einfach und immer auf dem kürzesten Wege auf die Erde zugehen. Und der Mensch, der anspruchsvolle, nervöse Bewohner der Städte, fühlt sich geadelt in diesen stumpfen Bauern. Er, der mit nichts im Einklang steht, sieht in ihnen Wesen, die näher an der Natur ihr Leben verbringen, ja er ist geneigt, in ihnen Helden zu sehen, weil sie es tun, obwohl die Natur gegen sie gleich hart und teilnahmslos bleibt, wie gegen ihn. Und vielleicht scheint es ihm eine Weile, als hätte man nur Städte gebaut, um die Natur und ihre erhabene Gleichgültigkeit (welche wir Schönheit nennen) nicht zu sehen und sich mit der scheinbaren Natur des Häusermeeres zu trösten, die von Menschen gemacht ist, und wie mit großen Spiegeln sich selbst und den Menschen immerfort wiederholt. Millet hasste Paris. Und wenn er aus dem Dorfe immer nach der entgegengesetzten Seite hinausging wie sein Freund Rousseau, so geschah's vielleicht, weil ihn das Geschlossene des Waldes immer noch zu sehr an die Enge der Stadt erinnerte, weil die hohen Bäume auf ihn leicht wie hohe Mauern wirkten, wie jene Mauern, aus denen er wie aus einem Gefängnis geflohen war. Die Elemente seiner Kunst, welche man, im Hinblick auf seine Gestalten, Einsamkeit und Gebärde nennen könnte, sind eigentlich nicht diese figürlichen, sondern die entsprechend erst landschaftlichen Werte. Der Einsamkeit entspricht die Ebene, der Gebärde der Himmel, vor dem sie sich vollzieht. Auch er ist Landschafter. Seine Figuren sind groß durch das, was sie umgibt, und durch die Linie, welche sie von ihrer Umgebung trennt.

Von der Ebene ist die Rede und vom Himmel. Millet hat beides in die Malerei eingeführt, allein er vermochte oft nur dem Kontur zu geben statt des Lichtes, das von allen Seiten aus dem ungeheuren Himmel fließt. Sein Kontur war groß, sicher, monumental, er ist das Ewige in seinem Werke, aber er weist oft mehr auf einen Zeichner oder Plastiker als auf einen Maler hin.

Hier ist jener brüllenden Kuh Segantinis zu gedenken auf dem bekannten Bilde, das sich in der Berliner Nationalgalerie befindet. Die Linie, mit welcher der Rücken des Tieres sich vom Himmel abzeichnet, diese unvergessliche Linie, ist von Milletscher Kraft und Klarheit, aber sie ist nicht unbeweglich, sie zittert und schwingt wie eine tönende Saite, gestrichen von dem reinen Licht dieser hohen und einsamen Bergwelt.

Dieser Maler ist mit Millet verwandter, als man glaubt. Er ist kein Maler des Gebirges. Die Berge sind ihm nur die Stufen zu neuen Ebenen, über welchen ein Himmel, groß wie der Himmel Millets, aber lichtvoller, tiefer, farbiger sich erhebt. Diesem Himmel ist er nachgegangen sein ganzes Leben lang und als er ihn gefunden hatte, starb er. Er starb, beinahe 3000 Meter hoch, wo keine Menschen mehr wohnen, und in stiller, blinder Größe stand die Natur um seinen schweren Tod. Sie hat auch von ihm nichts gewusst. Aber als er in das unermessliche Leuchten jener unberührten Welt die Mutter mit dem Kinde malte, da war er dem menschlichen Leben ebenso nah wie dem anderen, dem erhabenen Leben der Natur, das ihn umgab.

***

In den deutschen Romantikern war eine große Liebe zur Natur. Aber sie liebten sie ähnlich, wie der Held einer Turgenieffschen Novelle jenes Mädchen liebte, von dem er sagt: „Sophia gefiel mir besonders, wenn ich saß und ihr den Rücken zuwendete, das heißt, wenn ich ihrer gedachte, wenn ich sie im Geiste vor mir sah, besonders des Abends, auf der Terrasse…" Vielleicht hat nur einer von ihnen ihr ins Gesicht gesehen; Philipp Otto Runge, der Hamburger, der das Nachtigallengebüsch gemalt hat und den Morgen. Das große Wunder des Sonnenaufgangs ist so nicht wieder gemalt worden. Das wachsende Licht, das still und strahlend zu den Sternen steigt und unten auf der Erde das Kohlfeld, noch ganz vollgesogen mit der starken, tauigen Tiefe der Nacht, in welchem ein kleines nacktes Kind – der Morgen – liegt. Das alles ist geschaut und wiedergeschaut. Man fühlt die Kühle von vielen Morgen, an denen der Maler sich vor der Sonne erhob und, zitternd vor Erwartung, hinausging, um jede Szene des mächtigen Schauspiels zu sehen und nichts von der spannenden Handlung zu versäumen, die da begann. Dieses Bild ist mit Herzklopfen gemalt worden. Es ist ein Markstein. Es erschließt nicht einen, es erschließt tausend neue Wege zur Natur. Runge fühlte das selbst. In seinen „Hinterlassenen Schriften", die 1842 erschienen sind, findet sich folgende Stelle: „…Es drängt sich alles zur Landschaft, sucht etwas Bestimmtes in dieser Unbestimmtheit. Doch unsere Künstler greifen wieder zur Historie und verwirren sich. Ist denn in dieser neuen Kunst – der Landschafterei, wenn man so will – nicht auch ein höchster Punkt zu erreichen? Der vielleicht noch schöner sein wird als die vorigen?"

Im Anfang des neunzehnten Jahrhunderts hat Philipp Otto Runge diese Worte geschrieben, aber noch weit später galt die „Landschafterei" in Deutschland als ein fast untergeordnetes Gewerbe, und man pflegte auf unseren Akademien die Landschafter nicht für voll zu nehmen. Diese Anstalten hatten allen Grund, die Konkurrenz der Natur zu fürchten, auf welche schon Dürer mit so ehrfürchtiger Einfalt hingewiesen hatte. Es ergoss sich ein Strom von jungen Leuten aus den staubigen Sälen der Hochschulen, man suchte die Dörfer auf, man begann zu sehen, man malte Bauern und Bäume und man feierte die Meister von Fontainebleau, die das alles schon ein halbes Jahrhundert vorher versucht hatten. Es war jedenfalls ein ehrliches Bedürfnis, welches dieser Bewegung zugrunde lag, aber es war eben eine Bewegung und sie konnte viele mitgerissen haben, denen die Akademie eigentlich nicht zu enge war. Man musste abwarten. Von allen, die damals hinauszogen, sind inzwischen viele in die Städte zurückgekehrt, nicht ohne gelernt zu haben, ja vielleicht sogar nicht ohne von Grund aus andere geworden zu sein. Andere sind von Landschaft zu Landschaft gewandert, überall lernend, seine Eklektiker, denen die Welt zur Schule wird –

einige sind berühmt geworden, viele untergegangen, und es wachsen neue heran, die richten werden.

Nicht weit aber von jener Gegend, in welcher Philipp Otto Runge seinen Morgen gemalt hat, unter demselben Himmel sozusagen, liegt eine merkwürdige Landschaft, in der sich damals einige junge Leute zusammengefunden hatten, unzufrieden mit der Schule, sehnsüchtig nach sich selbst und willens, ihr Leben irgendwie in die Hand zu nehmen. Sie sind nicht mehr von dort fortgegangen, ja, sie haben es sogar vermieden, größere Reisen zu machen, immer bange, etwas zu versäumen, irgendeinen unersetzlichen Sonnenuntergang, irgendeinen grauen Herbsttag oder die Stunde, da nach stürmischen Nächten die ersten Frühlingsblumen aus der Erde kommen. Die Wichtigkeiten der Welt fielen von ihnen ab und sie erfuhren jene große Umwertung aller Werte, die vor ihnen Constable erfahren hatte, der in einem Briefe schrieb: „Die Welt ist weit, nicht zwei Tage sind gleich, nicht einmal zwei Stunden; noch hat es seit Schöpfung der Welt zwei Baumblätter gegeben, die einander gleich waren." Ein Mensch, der zu dieser Erkenntnis gelangt, fängt ein neues Leben an. Nichts liegt hinter ihm, alles vor ihm und: „Die Welt ist weit."

Diese jungen Menschen, die jahrelang ungeduldig und unzufrieden auf Akademien gesessen hatten, „drängten sich" – wie Runge schrieb – „zur Landschaft, sie suchten etwas Bestimmtes in dieser Unbestimmtheit". Die Landschaft ist bestimmt, sie ist ohne Zufall, und ein jedes fallendes Blatt erfüllt, indem es fällt, eines der größten Gesetze des Weltalls. Diese Gesetzmäßigkeit, die niemals zögert und sich in jedem Augenblicke ruhig und gelassen vollzieht, macht die Natur zu einem solchen Ereignis für junge Menschen. Gerade das suchen sie, und wenn sie in ihrer Ratlosigkeit nach einem Meister verlangen, so meinen sie nicht jemanden, der fortwährend in ihre Entwicklung eingreift und durch ein Rütteln die geheimnisvollen Stunden stört, in denen die Kristallbildung ihrer Seele geschieht; Sie wollen ein Beispiel. Sie wollen ein Leben sehen neben sich, über sich, um sich, ein Leben, das lebt ohne sich um sie zu kümmern. Große Gestalten der Geschichte leben so, aber sie sind nicht sichtbar und man muss die Augen schließen, um sie zu sehen. Junge Menschen aber schließen nicht gerne die Augen, zumal wenn sie Maler sind: sie wenden sich an die Natur und, indem sie sie suchen, suchen sie sich.

Es ist interessant zu sehen, wie auf jede Generation eine andere Seite der Natur erziehend und fördernd wirkt; diese rang sich zur Klarheit durch, indem sie in Wäldern wanderte, jene brauchte Berge und Burgen, um sich zu finden. Unsere Seele ist eine andere als die unserer Väter; wir können noch die Schlösser und Schluchten verstehen, bei deren Anblick sie wuchsen, aber wir kommen nicht weiter dabei. Unsere Empfindung gewinnt keine Nuance hinzu, unsere Gedanken vertausendfachen sich nicht, wir fühlen uns wie in etwas altmodischen Zimmern, in denen man sich keine Zukunft denken kann. Woran unsere Väter in geschlossenem Reisewagen, ungeduldig und von Langeweile geplagt, vorüberfuhren, das brauchen wir. Wo sie den Mund auftaten, um zu gähnen, da tun wir die Augen auf, um zu schauen; denn wir leben im Zeichen der Ebene und des Himmels.

Das sind zwei Worte, aber sie umfassen eigentlich ein einziges Erlebnis: die Ebene. Die Ebene ist das Gefühl, an welchem wir wachsen. Wir begreifen sie und sie hat etwas Vorbildliches für uns; da ist uns alles bedeutsam: der große Kreis des Horizontes und die wenigen Dinge, die einfach und wichtig vor dem Himmel stehen. Und dieser Himmel selbst, von dessen Dunkel- und Hellwerden jedes von den tausend Blättern eines Strauches mit anderen Worten zu erzählen scheint und der, wenn es Nacht wird, viel mehr Sterne fasst, als jene gedrängten und ungeräumigen Himmel, die über Städten, Wäldern und Bergen sind.

In einer solchen Ebene leben jene Maler, von denen zu reden sein wird. Ihr danken sie, was sie geworden sind und noch viel mehr: Ihrer Unerschöpflichkeit und Größe danken sie, dass sie immer noch werden.

***

Es ist ein seltsames Land. Wenn man auf dem kleinen Sandberg von Worpswede steht, kann man es ringsum ausgebreitet sehen, ähnlich jenen Bauerntüchern, die auf dunklem Grund Ecken tiefleuchtender Blumen zeigen. Flach liegt es da, fast ohne Falte, und die Wege und Wasserläufe führen weit in den Horizont hinein. Dort beginnt ein Himmel von unbeschreiblicher Veränderlichkeit und Größe. Er spiegelt sich in jedem Blatt. Alle Dinge scheinen sich mit ihm zu beschäftigen; er ist überall. Und überall ist das Meer. Das Meer das nicht mehr ist, das einmal vor Jahrtausenden hier stieg und fiel und dessen Düne der Sandberg war, auf dem Worpswede liegt. Die Dinge können es nicht vergessen. Das große Rauschen, das die alten Föhren des Berges erfüllt, scheint sein Rauschen zu sein, und der Wind, der breite, mächtige Wind, bringt seinen Duft. Das Meer ist die Historie dieses Landes. Es hat kaum eine andere Vergangenheit.

Einst, als das Meer zurücktrat, da begann es sich zu formen. Pflanzen, die wir nicht kennen, erhoben sich, und es war ein rasches und hastiges Wachsen in dem fetten, faltigen Schlamm. Aber das Meer, als ob es sich nicht trennen könnte, kam immer wieder mit seinen äußersten Wassern in die verlassenen Gebiete und endlich blieben schwarze, schwankende Sümpfe zurück, voll von feuchtem Getier und langsam vermodernder Fruchtbarkeit. So lagen die Flächen allein, ganz mit sich beschäftigt, jahrhundertelang. Das Moor bildete sich. Und endlich begann es sich an einzelnen Stellen zu schließen, leise, wie eine Wunde sich schließt. Um diese Zeit, man nimmt das dreizehnte Jahrhundert an, wurden in der Weserniederung Klöster gegründet, welche holländische Kolonisten in diese Gegenden, in ein schweres, ungewisses Leben, schickten. Später folgten (selten genug) neue Ansiedelungsversuche, im sechzehnten Jahrhundert, im siebzehnten, aber erst im achtzehnten nach einem bestimmten Plan, durch dessen energische Durchführung die Ländereien an der Weser, an der Hamme, Wümme und Wörpe dauernd bewohnbar werden. Heute sind sie ziemlich bevölkert; die frühen Kolonisten, soweit sie sich halten konnten, sind reich geworden durch den Verkauf des Torfs, die späteren führen ein Leben aus Arbeit und Armut nah an der Erde, wie im Bann einer größeren Schwerkraft stehend. Etwas von der Traurigkeit und Heimatlosigkeit ihrer Väter liegt über ihnen, der Väter, die, als sie auswanderten, ein Leben verließen, um in dem schwarzen, schwankenden Land ein neues zu beginnen, von dem sie nicht wussten, wie es enden sollte. Es gibt keine Familienähnlichkeit unter diesen Leuten; das Lächeln der Mütter geht nicht auf die Söhne über, weil die Mütter nie gelächelt haben. Alle haben nur ein Gesicht: das harte, gespannte Gesicht der Arbeit, dessen Haut sich bei allen Anstrengungen ausgedehnt hat, so dass sie im Alter dem Gesicht zu groß geworden ist, wie ein lange getragener Handschuh. Man sieht Arme, die das Heben schwerer Dinge übermäßig verlängert hat, und Rücken von Frauen und Greisen, die krumm geworden sind wie Bäume, die immer in demselben Sturm gestanden haben. Das Herz liegt gedrückt in diesen Körpern und kann sich nicht entfalten. Der Verstand ist freier und hat eine gewisse, einseitige Entwicklung durchgemacht. Keine Vertiefung, aber eine Zuspitzung ins Findige, Stichlige, Witzige. Die Sprache unterstützt ihn dabei. Dieses Platt mit seinen kurzen, straffen, farbigen Worten, die wie mit verkümmerten Flügeln und Watbeinen gleich Sumpfvögeln schwerfällig einhergehen, hat ein natürliches Wachstum hinter sich. Es ist schlagfertig und geht gerne in ein lautes klapperndes Gelächter über, es lernt von den Situationen, es ahmt Geräusche nach, aber es bereichert sich nicht von innen heraus: es setzt an. Man hört es oft weithin in den Mittagspausen, wenn die schwere Arbeit des Torfstichs, die zum Schweigen zwingt, unterbrochen ist. Man hört es selten am Abend, wo die Müdigkeit zeitig hereinbricht und der Schlaf fast zugleich mit der Dämmerung in die Häuser tritt.

Diese Häuser liegen an den langen, geraden „Dämmen" weit zerstreut; sie sind rot mit grünem oder blauem Fachwerk, überhäuft von dicken, schweren Strohdächern und gleichsam in die Erde hineingedrückt von ihrer massigen, pelzartigen Last. Manche kann man von den Dämmen aus kaum sehen; sie haben sich die Bäume vors Gesicht gezogen, um sich zu schützen vor den immerwährenden Winden. Ihre Fenster blitzen durch das dichte Laub wie eifersüchtige Augen, die aus einer dunklen Maske schauen. Ruhig liegen sie da, und der Rauch der Feuerstelle, der sie ganz erfüllt, quillt aus der schwarzen Tiefe der Türe und drängt sich aus den Ritzen des Daches. An kühlen Tagen bleibt er um das Haus herum stehen, seine Formen noch einmal größer und gespenstisch-grau wiederholend. Im Innern ist fast alles ein Raum, ein weiter, länglicher Raum, in dem sich der Geruch und die Wärme des Viehs mit dem scharfen Qualm des offenen Feuers zu einer wunderlichen Dämmerung mischen, in der es wohl möglich wäre, sich zu verirren. Im Hintergrunde erweitert sich diese „Diele", rechts und links erscheinen Fenster und geradeaus liegen die Stuben. Sie enthalten nicht viel Gerät. Einen geräumigen Tisch, viele Stühle, einen Eckschrank mit etwas Glas und Geschirr und die abgeschlossenen, großen, mit Schiebetüren versehenen Bettverschläge. In diesen Schlafschränken werden die Kinder geboren, vergehen die Sterbestunden und Hochzeitsnächte. Dorthin, in dieses letzte, enge, fensterlose Dunkel hat sich das Leben zurückgezogen, das überall sonst im ganzen Hause von der Arbeit verdrängt wurde. Seltsam, unvermittelt fallen in dieses Dasein die Feste hinein, die Hochzeiten, die Taufen, die Begräbnisse. Steif und befangen stellen sich die Bauern um dem Sarg, steif und befangen schleifen sie den Hochzeitstanz. Ihre Trauer geben sie bei der Arbeit aus und ihre Lustigkeit ist eine Reaktion auf den Ernst, den die Arbeit ihnen auferlegt. Es gibt Originale unter ihnen, Witzbolde und Gewitzte, Zynische und Geisterseher. Manche wissen von Amerika zu erzählen, andere sind nie über Bremen hinausgekommen. Die einen leben in einer gewissen Zufriedenheit und Stille, lesen die Bibel und halten auf Ordnung, viele sind unglücklich, haben Kinder verloren und ihre Weiber, aufgebraucht von Not und Anstrengung, sterben langsam dahin, vielleicht, das da und dort einer aufwächst, den eine unbestimmte, tiefe, rufende Sehnsucht erfüllt – vielleicht, – aber die Arbeit ist stärker als sie alle.

Im Frühling, wenn das Torfmachen beginnt, erheben sie sich mit dem Hellwerden und bringen den ganzen Tag, vor Nässe triefend, durch das Mimikry ihrer schwarzen, schlammigen Kleidung dem Moore angepasst, in der Torfgrube zu, aus der sie die bleischwere Moorerde emporschaufeln. Im Sommer, während sie mit den Heu- und Getreideernten beschäftigt sind, trocknet der fertigbereitete Torf, den sie im Herbst auf Kähnen und Wagen in die Stadt führen. Stundenlang fahren sie dann. Oft schon um Mitternacht klirrt der schrille Wecker sie wach. Auf dem schwarzen Wasser des Kanals wartet beladen das Boot und dann fahren sie ernst, wie mit Särgen, auf den Morgen und auf die Stadt zu, die beide nicht kommen wollen.

Und was wollen die Maler unter diesen Menschen? Daran ist zu sagen, dass sie nicht unter ihnen leben, sondern ihnen gleichsam gegenüberstehen, wie sie den Bäumen gegenüberstehen, und allen den Dingen, die, umflutet von der feuchten Luft, wachsen und sich bewegen. Sie kommen von fernher. Sie drücken diese Menschen, die nicht ihresgleichen sind, in die Landschaft hinein; und das ist keine Gewaltsamkeit. Die Kraft eines Kindes reicht dafür aus, – und Runge schrieb: „Kinder müssen wir werden, wenn wir das Beste erreichen wollen." Sie wollen das Beste erreichen und sie sind Kinder geworden. Sie sehen alles in einem Atem, Menschen und Dinge. Wie die eigentümliche farbige Luft dieser hohen Himmel keinen Unterschied macht und alles, was in ihr aufsteht und ruht, mit derselben Güte umgibt, so üben sie eine gewisse naive Gerechtigkeit, indem sie, ohne nachzudenken, Menschen und Dinge, in stillem Nebeneinander, als Erscheinungen der Atmosphäre und als Träger von Farben, die sie leuchten macht, empfinden. Sie tun niemandem unrecht damit. Sie helfen diesen Leuten nicht, sie belehren sie nicht, sie bessern sich nicht damit. Sie tragen nichts in ihr Leben hinein, das nach wie vor ein Leben in Elend und Dunkel bleibt, aber sie holen aus der Tiefe dieses Lebens eine Wahrheit heraus an der sie selbst wachsen, oder, um nicht zu viel zu sagen, eine Wahrscheinlichkeit, die man lieben kann. Maeterlinck, in seinem wundervollen Buche von den Bienen, sagt an einer Stelle: „Es gibt noch keine Wahrheit, aber es gibt überall drei gute Wahrscheinlichkeiten. Jeder wählt sich eine davon aus, oder besser, sie wählt ihn, und diese Wahl, die er trifft, oder die ihn trifft, geschieht oft ganz instinktiv. Er hält sich fortan an sie und sie bestimmt Form und Inhalt aller Dinge, die auf ihn eindringen." Und nun werden an einem Beispiel, an einer Gruppe Bauern, welche am Saum einer Ebene Getreideschober türmen, die drei Wahrscheinlichkeiten gezeigt. Es ergibt sich die kurzsichtige Wahrscheinlichkeit des Romantikers, der verschönt, indem er schaut, die unerbittliche grausame Wahrscheinlichkeit des Realisten und endlich die stille, tiefe, unerforschten Zusammenhängen vertrauende Wahrscheinlichkeit des Weisen, welche vielleicht der Wahrheit am nächsten kommt. Nicht weit von dieser Wahrscheinlichkeit liegt die naive Wahrscheinlichkeit des Künstlers. Indem er die Menschen zu den Dingen stellt, erhebt er sie; denn er ist der Freund, der Vertraute, der Dichter der Dinge. Die Menschen werden nicht besser oder edler dabei, aber, um nochmals Maeterlincks Worte zu gebrauchen: „Der Fortschritt ist nicht unbedingt erforderlich, damit das Schauspiel uns begeistert. Das Rätsel genügt…" Und in diesem Sinne scheint der Künstler noch über dem Weisen zu stehen. Wo dieser bestrebt ist, Rätsel zu lösen, da hat der Künstler eine noch bei weitem größere Aufgabe oder, wenn man will, ein noch größeres Recht. Des Künstlers ist es, das Rätsel zu – lieben. Das ist alle Kunst: Liebe, die sich über Rätsel ergossen hat, – und das sind alle Kunstwerke: Rätsel, umgeben, geschmückt, überschüttet von Liebe.

Und da lagen nun vor den jungen Leuten, die gekommen waren, um sich zu finden, die vielen Rätsel dieses Landes. Die Birkenbäume, die Moorhütten, die Heideflächen, die Menschen, die Abende und die Tage, von denen nicht zwei einander gleich sind, und in denen auch nicht zwei Stunden sind, die man verwechseln könnte. Und da gingen sie nun daran, diese Rätsel zu lieben.

Es wird nun im Folgenden von diesen Menschen die Rede sein, nicht in Form einer Kritik, auch nicht mit der Prätension, Abgeschlossenes zu geben. Das wäre nicht gut möglich; denn es handelt sich hier um Werdende, um Leute, die sich verändern, die wachsen, und die vielleicht, im Augenblick, da ich diese Worte schreibe, etwas schaffen, was alles widerlegt, was vorangegangen ist. Mag ich dann immerhin von einer Vergangenheit gesprochen haben; auch das hat seinen Wert. Es sind zehn Jahre Arbeit, von denen ich hier berichte, zehn Jahre ernster, einsamer deutscher Arbeit. Und im Übrigen gilt auch hier die Beschränkung, die immer vorausgesetzt werden muss, wo einer versucht, dem Leben eines Menschen wahrsagend nachzugehen: „Wir werden oft vor dem Unbekannten innezuhalten haben."

Fritz Mackensen.

Fritz Mackensen

Irgendwo wird jemand geboren. In einer Familie ist ein Tag der Unruhe und Aufregung, einige Nachbaren nehmen teil, einige Freunde freuen sich mit dem Vater, und es findet sich wohl auch jemand in der Verwandtschaft, der an der Wiege steht und denkt: „Das ist also ein Leben. Der erste Buchstabe eines unbekannten Alphabetes. Aus Alphabeten macht man Worte, und mit Worten ist das so eine Sache: es gibt langweilige, gewöhnliche, freudige, traurige, leichtsinnige, – es gibt auch unsterbliche Worte. Wer weiß…?" Aber solche Gedanken haben keine Bedeutung. Das Kind wächst heran, sich selber fremd, allen fremd, etwas Unbestimmtes, Tiefes, Dunkles. Es geht von Hand zu Hand, aus der Hand der Mutter in die des Vaters, der gibt es dem ersten Lehrer, dieser dem zweiten – bis es auf einmal in einer Hand sich verändert. Auf der dunklen, unscheinbaren Oberfläche zeigt sich ein kleiner, heller, leuchtender Punkt, der wächst, deutlicher, glänzender wird…

Und um diesen Punkt handelt es sich nun. Das erkannte der gute Lehrer Büttger, als er auf dem Gymnasium zu Holzminden seinen Schüler, Fritz Mackensen, eifrig zeichnen sah. Er unterstützte ihn darin; es war Talent in dem Jungen, und der Blick, mit dem er die Dinge ansah, war ungewöhnlich sicher, hell und liebevoll. Er sollte nach Düsseldorf. Der Vater stand diesem Plane freundlich gegenüber, denn er verstand selbst zu zeichnen und fühlte irgendwie das Vorhandensein der Kunst „in der Natur", wenn er an frühen Morgen oder an Sonntagabenden durch die Felder ging. In Düsseldorf kam der junge Mackensen zu Peter Janssen und – der leuchtende Punkt vergrößerte sich.

Denn obwohl Janssen Historienmaler war, legte er bei seinen Schülern das größte Gewicht auf das Zeichnen und wenn schon der Trieb nach einer sicheren Erfassung der Linie in dem jungen Menschen lag, so wurde er jetzt zu einer bewussten Energie, die ihn dauernd beherrschte. Freilich was half ihm diese Energie, als er im Jahre 1888, zweiundzwanzig Jahre alt, zu Fritz August Kaulbach kam, in dessen Münchener Atelier er, als eine Art Gehilfe, Beschäftigung fand. Oder besser: nicht finden konnte. Denn die Welt Kaulbachs war allzu weit entfernt von jener Welt, in die Mackensen schon einen Blick getan hatte, als er im Jahre 1884 zuerst Worpswede sah. Es war ein kurzer Ferienbesuch, den er, angeregt durch die Erzählungen eines jungen Mädchens, das hier zu Hause war, in dem entlegenen, aller Welt unbekannten Moordorf machte, und er mochte selbst damals nicht ganz die Bedeutung dieses Besuches erkannt haben. Aber ein anderer kam er nach München zurück, bereits ganz erfüllt von der Idee eines großen Bildes, das gemalt werden musste und das niemand malen konnte, als er. Nicht die Idee allein war da; er hatte in Worpswede und im benachbarten Schlußdorf Studien für das Bild gemacht, und mit diesen Blättern trat er eines Tages bei Fritz August Kaulbach ein. Dessen Erstaunen mag groß gewesen sein. Er betrachtete sie aufmerksam und sagte schließlich, dass er es sich nie vergeben würde, jemanden aus seiner Weise herauszudrängen. Es war also schon eine „Weise" da. Der leuchtende Punkt hatte sich zur spiegelnden Fläche erweitert, in welcher sich schon ein Stück Welt eigenartig wiederholte. Kaulbach empfahl seinen Gehilfen an Dietz und dort arbeitete Mackensen nicht weniger eifrig, aber ohne rechte Befriedigung. Er sah sich in München um, er verbrachte ganze Tage vor Böcklin und Feuerbach in der stillen Schack-Galerie und in der Alten Pinakothek vor Rembrandts Grablegung, die er über alle Bilder stellte. Neben ihr war ihm nur noch Tizians Karl V., diese große Offenbarung eines Malers und Menschenforschers, unvergesslich. Und wie es bezeichnend für ihn ist, dass er in der Tragödie dieses Kaiserbildes die Macht des Meisters bewunderte, der sie schreiben konnte, so ist es andererseits auch nicht unwichtig zu erwähnen, dass er sich damals aus der Bibliothek alles verschaffte, was über den großen Bauernkrieg geschrieben worden ist. Es ist, als hätte er schon damals gesucht, sich den Menschen und besonders jene ernsten und gramvollen Bauerngesichter, die er in Worpswede gesehen hatte, zu erklären. Sie beschäftigten ihn sehr, aber da sein Auge auch sonst aller Wirklichkeit willig offen war, traten sie noch vorübergehend zurück vor den Eindrücken, die die Stadt und die Natur um ihn her auf ihn machten.

Vielleicht wäre er noch länger in München geblieben, wenn ihm die Zustände in der Dietz-Schule nicht so unleidlich geworden wären. Da hatte sich eine internationale blasierte Boheme zusammengefunden, junge Leute, die ungemein viel Zeit hatten und keine Ursache, die Arbeit ernst zu nehmen. Mackensen hatte keine Zeit. Er, der schon seinen Weg ahnte, wollte über die Vorbereitungen der Schule rasch hinwegkommen, gewissenhaft, durch Arbeit, ohne etwas zu überspringen. Wenn ein interessantes Modell gestellt war, dann wollte er mit allen Kräften arbeiten, sich vertiefen, allein sein. Er empfand es als ein Glück, vor der Schönheit dieses Körpers zu stehen und er begriff nicht die rohen und albernen Witze der andern, die fortwährenden Tumulte und Tändeleien, welche die Arbeit unmöglich machten. Dieses Benehmen störte ihn nicht allein, es kränkte ihn.

Diesem jungen Mann, der schon damals so streng und energisch dreinschauen konnte, kamen die Tränen nahe, wenn er diese Unflätigkeiten sah, an einer Stätte, wo er ernste, gleichbegeisterte Freunde zu finden gehofft hatte. War die Kunst nicht etwas Erhabenes und Heiliges? Er ließ sich nicht irre machen. Er glaubte an sie und er zweifelte keinen Augenblick an ihrer Allmacht. Einmal reiste er, vierter Klasse, von Düsseldorf nach Holzminden. Sein Abteil erfüllt das Stoßen und Schreien von fünf, sechs betrunkenen Schustergesellen, die, nachdem sie sich gegenseitig ausgeprügelt hatten, endlich den fremden jungen Mann zum Ziel ihrer gemeinsamen Angriffe machen wollten. „Nun hatte ich zufällig" – erzählt Mackensen in einem Briefe – „Hefte der ‚Kunst für Alle' bei mir. Schnell schlug ich Rembrandts Selbstporträt auf, vor dessen Kraft alles scheu zurückwich und mich wie ein Wunderkind anstarrte." Die Zeit in München verging. Äußerlich schien sie so gut wie verloren zu sein. Aber es gibt so eine Periode im Leben junger Leute, wo es fast gleichgültig ist, was sie tun. Manet hat sechs Jahre bei Couture gearbeitet; es hat ihm nicht geschadet. Er brauchte sich gar nicht dabei und hatte Zeit innerlich klar zu werden. So war es bei Mackensen auch. Jedes Mal, wenn er vor der Natur steht, merkt man, wie hell es schon in ihm geworden ist, wie gut und ruhig er schon zu sehen versteht, wie genau er schon weiß, was er will. „Ich stehe vor meinem Motiv", schreibt er einmal von Gerolsing aus, „noch dämmert's. Ich sitze da und schaue. Sehe in der Dämmerung einen fein überschnittenen Weg. Niederer Stall rechts. Ein Baum tief in der Morgenluft, weiter zurück ein Bretter- und Lattenzaun. Links eine stark verkürzte Wand und fein überschnittene Häuser mit tief blau-roten Dächern. Vor mir, breit vor dem Dorfwege, zwei hohe Dächer; aus dem einen Schornstein spielt feiner Rauch in die Luft und spielt vor einer einfachen Kirchturmspitze. Die Sonne ist aufgegangen. Hinter den Häusern liegt ein unendlicher Glanz. Fein silbern leuchtet die Luft, strahlt herüber in die Gasse, spielt zwischen den Dächern, an den Giebeln. Nach und nach stiehlt sich dieser Glanz an den Giebeln herunter, flimmert auf den Plankenrändern, gleitet herab auf den Weg. Das junge Grün, welches, von Fußtritten der Menschen verschont, sich leise an die Wände schmiegt, leuchtet wie… ich weiß selber nicht wie… Und nun die Frau, die des Weges kommt: Ein tieffarbiges Kleid, ein schwarzes Kopftuch, in der zitternden alten Hand ein Gebetbuch und einen Rosenkranz. Gebeugt, langsam kommt sie daher: ich habe Zeit genug sie zu beobachten. Wie merkwürdig der junge Morgen diese Alte umstrahlt…"

Turgenieff, hätte er diese Zeilen zu Gesicht bekommen, würde ausgerufen haben: Das muss ein Jäger geschrieben haben! Und er hätte nicht unrecht gehabt, denn Mackensen ist ein Freund des Jagens. Man muss ihn eine Birkhahnbalz beschreiben hören. Wie da aus der Dämmerung und den Geräuschen dieses Liebestanzes die Sonne aufsteigt, alles überstrahlend, gleichsam übertönend mit ihrer Herrlichkeit, das hat noch kaum jemand so einfach und überzeugend zu sagen gewusst. Freilich es leuchtet aus allen diesen Worten, mehr noch als der Jäger der Maler hervor, wie ja auch Turgenieff in seiner unsterblichen Schilderung des Sonnenunterganges, die mit dem Satze „das ist der Anstand –" schließt, immer noch mehr Dichter als Weidmann ist. Bei Mackensen steht hinter dem Jagen und hinter dem Malen ein gemeinsames Gefühl, das, klar wie ein Quell, aus seinem Herzen bricht und sein ganzes Wesen mit der Frische eines Frühlingsmorgens durchtränkt: seine große, kindliche Liebe zur Natur. Er liebt sie mit einer schwärmerischen Ausschließlichkeit, die man fast Fanatismus nennen könnte, wenn in diesem Begriff nicht etwas von Blindheit läge. Und blind ist diese Liebe nicht, so wenig jemals echte Liebe blind war. Sie ist sehend, scharfäugig, tiefschauend. In seinen Landschaften ist manchmal dieses Sehen ausgeprägt. Es ist als ob die Ränder aller Dinge sich daran scharf geschliffen hätten. Lieben heißt für ihn schauen, in ein Land, in ein Herz, in ein Auge schauen. Er ist einer von den Menschen, die die Augen schließen, wo sie nicht lieben können. Dass er nicht grübelt und nicht kritisiert, hängt damit zusammen. Sein Urteil ist: schauen oder abwenden. Und vor der Natur gibt es kein Urteil; sie hat immer recht… „darum sieh sie fleißig an, richte dich danach und geh nicht von der Natur in deinem Gutdünken, dass du wollest meinen, das besser von dir selbst zu finden… Darum nimm dir nimmermehr vor, dass du etwas besser mögest oder wollest machen, denn es Gott in seiner erschaffenen Natur zu wirken Kraft gegeben hat, denn dein Vermögen ist kraftlos gegen Gottes Geschöpf." In diesen schlichten Worten Dürers liegt sein Gesetz und sein Glauben. Wie oft hat er es sich selbst und anderen gesagt: „Meine Empfindung bleibt immer die gleiche. Sie kann sich nur im bewundernden Anschauen der Natur weiterbilden." Dieses „bewundernde Anschauen" ist der Grundzug seines Lebens. Dieses „bewundernde Anschauen" wandte er schon 1884 auf das Land an, das er nicht vergessen konnte und zu dem er immer wieder zurückkam. In diesem „bewundernden Anschauen" wuchsen die Ziele, die er sich gestellt hatte und die Freunde, die ihn umgaben; sie strömten die Kraft von Idealen aus, die er selbst ihnen verlieh. So bekam die Freundschaft eine große Bedeutung für ihn. Gerne allein, aber vor Vereinsamung bang, suchte er immer nach Gleichgesinnten und fand sie. Mit einem lieben Genossen, dem Maler Otto Modersohn, kam er im Juni 1889 wieder nach Worpswede.

Ein anderer sollte nachkommen. Man wartete auf ihn; aber statt seiner traf, in den ersten Tagen schon, sein gemeinsamer Abschiedsbrief an die Freunde ein: Alexander Hecking, der Bildhauer, von dem Mackensen so Großes erwartete, hatte sich im Münchener Hofgarten erschossen. Sein letzter Wille sicherte Mackensen die Möglichkeit, etwas unbekümmerter zu arbeiten. Mit diesem erschütternden Ereignisse, dem die Freunde verstört und hilflos gegenüberstanden, setzte die Worpsweder Lernzeit ein. Es war, als sollten sie noch einmal auf den Ernst des Berufes hingewiesen werden, dem Verzweiflung und Tod so nahe ist, solange er nicht das ganze Leben durchdrungen hat. Sie hätten dieses schmerzlichen Aufrufes kaum bedurft.

Sie gingen an die Arbeit, einer dem anderen helfend, einander begreifend, wetteifernd miteinander. Bald kam als dritter Hans am Ende hinzu. Und sie fühlten alle, dass dies der Anfang eines neuen Lebens war, und dass sie ganz ebenso wie jene Kolonisten, die aus dem Knechtdienst um der Freiheit willen herübergekommen waren, sich ein neues Land voll Heimat und Zukunft urbar machten. Der Sommer verging mit Schauen und Staunen. Unerwartet schnell war der Nachmittag da, an dem man zum letzten Mal die liebgewordenen Wege durchs Moor ging, ein fortwährendes Abschiednehmen im Blick, der sich schwer trennen konnte. Niemand sprach. Endlich auf einer Brücke stand man still. Unten lag der Schiffgraben mit seinem schweren farbigen Wasser und in seiner Tiefe klang in reichen Spiegelbildern die Herrlichkeit des Herbstes und des Himmels an. Zusammengefasst in dem engen Rahmen dieser Ufer, gleichmäßig überzogen von den dunklen Lasuren der ruhigen Wasserfläche, schien noch einmal alles Glück, das die letzten Wochen gebracht hatten, in einem Bilde vereint zu sein. Es wirkte so stark, dass in den Dreien, die da schweigsam und traurig beisammenstanden, fast gleichzeitig der Entschluss reifte, nicht mehr an die Akademie zu gehen und den Winter über in Worpswede zu bleiben. Mackensen, der für einige Tage nach Düsseldorf gereist war, schrieb, ungeduldig wieder zurückzukehren, in einem Briefe an seine Freunde: „Kinder, wir wollen auf unserem Stück Erde zusammenhalten, wie die Kletten, um später dazustehen wie die Bäume in der Kunst."

So brach der erste Worpsweder Winter an. In dem großen Bauernhofe der Witwe Behrens wurde den jungen Malern ein wohnliches Heim bereitet und man hielt sie dort wie die Söhne des Hauses. Hans am Ende war nur zeitweilig da, aber die beiden anderen erlebten das

ganze langsame Verklingen des Herbstes, gingen zusammen durch die
großen Stürme des November und fanden sich an den langen Abenden,
wenn der Teekessel summte, in der warmen, wohnlichen Stube ein. War
man im Sommer und Herbst meistens schweigend draußen umherge-
gangen, jeder für sich suchend, findend und lauschend, so kam nun eine
Zeit der Gespräche und der Auseinandersetzungen, die sich oft in dem
vom Qualm der langen Pfeifen ganz unwegsam gewordenen Zimmer
weit in die stürmische Nacht hinaus ausdehnten. Was wurde da nicht
alles erörtert! Die Eindrücke des Sommers stiegen auf, wurden verglichen, geprüft, aneinandergehalten. Man suchte sich klar zu werden,
was an diesem und jenem Motiv das Zwingende, das Überzeugende
war. Weshalb es wirkte und worin seine Wichtigkeit lag. Man gedachte
Böcklins, der das Tiefste und Wesentlichste aus der Natur herausholte
und der es so selig zu sagen verstand. Erinnerungen aus Rembrandt
stiegen auf und verbanden sich damit; die Landschaft in Braunschweig
mit dem großen Gewitter und die Radierungen, vor allem diese. Und
wenn man, ganz erschöpft von Gesprächen, nicht mehr weiter konnte,
las man. Man las Bücher aus Norden. Björnson besonders. Der schien
etwas Verwandtes zu haben. Man begriff die harten, ragenden Bauernfi-
guren, man sah sie, man lebte unter ihnen. Man begriff diese Frauen, die
einmal geliebt und später gearbeitet hatten. Und die ernste, choralartige
Begleitung, mit welcher die nordische Natur und die Nähe eines nörd-
lichen Meeres jene kargen, wie in Eichenholz geschnittenen Schicksale
umgab, glaubte man vor den Fenstern zu hören. Manche Stellen auch
mag einer dem anderen mehr als einmal vorgelesen haben, z.B. diese:
„Eines Winters war sie mit der Mutter über die Berge gegangen. Durch
den frischgefallenen Schnee dahinwatend, scheuchten sie plötzlich
eine Kette junger Schneehühner auf, sie flatterten empor und erfüllten
auf einmal die ganze Luft vor ihnen; weiß waren die Vögel, weiß der
Schnee, weiß der Wald, weiß die Luft – noch lange nachher schwebten
ihr auch alle Gedanken weiß durch den Kopf…“

Über solche Stellen, die bei Björnson nicht allzu häufig sind (sie
muten wie Bilder von Liljefors an), kam man ganz von selbst zu Jacobsen, von dem gesagt worden ist, „dass er schriebe wie Maler malen“.
„Mogens“ wurde aufgeschlagen, und schon war man mitten drin in der
frohen, flimmernden, atemlosen Lebendigkeit dieses unvergesslichen
Regenschauers. Und Niels Lyhne begann mit dem Porträt der Bartho-
line Blide auf Lönborggaard, einem Frauenbildnis von lionardesker
Rätselhaftigkeit. Immer wieder hörte man von einem neuen Buche
und jedes folgende brachte irgendetwas Großes, dem man zustimmte
und daran man sich freute hinzu. Die Welt wuchs. Man fühlte das

Studie. 1889.

Vorhandensein Gleichgesinnter überall auf den tausend verborgenen Wegen der Natur und, während man hier in der Entlegenheit dieses Moordorfs einschneite, war man auf einmal weniger allein.

Aber wenn die beiden auch ihre stille Stube lieb gewannen, so verwöhnten sie sich doch nicht und lernten nicht hinter dem Ofen leben. Modersohn macht weite, einsame Spaziergänge und Mackensen unternimmt lange Ritte tief in die Nacht hin. „Ich habe den großen Hengst geritten –" schreibt er einmal. Und als er um die Frühlingswende einen Anfall von Influenza verspürt, da lässt er sich den Wallach satteln und reitet sechzehn Stunden, ohne Absitzen. Ein Mann, der solche Medikamente gebraucht, weiß sich zu helfen.

So ließ man den Frühling kommen. Diesen ernsten, innigen Worpsweder Frühling, der mit dem Rostbraunwerden des Gagelstrauches fast wie ein Herbst beginnt, bis die unbeschreiblich hellen Grüns der Birken wie Knabenstimmen einfallen. Aber es kam noch zu keiner eigentlichen Arbeit. Der Eindrücke waren zu viele. Und was früher war, wusste niemand. Den beiden schien es, als hätten sie noch nie gemalt, als hätte überhaupt noch nie jemand gemalt und es war unendlich schwer, den ersten Anfang zu machen. Man wusste genau, was man wollte und Mackensen notiert einmal: „Ich habe gestern morgen Bilder gesehen, so originell, wie sie nur ein Millet gemalt hat: ein Leben in größter Einfachheit dann die Frau, am Feuer sitzend, dann der Mann mit dem Kind! Es stürmen tausend Ideen (ausführbar) auf mich ein …" Dieses „ausführbar" in Klammern ist bezeichnend.

Es nimmt sich sehr zurückhaltend und unsicher aus und scheint froh, an keinen Zeitbegriff gebunden zu sein. Die Stunde war noch nicht gekommen. Ja, im Herbste des folgenden Jahres, 1890, musste man sogar nach Hamburg gehen, um Geld zu verdienen. Mackensen malte Porträts. Modersohn machte den zaghaften Versuch, im Hamburger Kunstverein drei kleine Landschaften auszustellen. Aber die Bilder wurden nicht aufgehängt, im Gegenteil; man stellte sie ihm auf einem leeren Kohlenwagen wieder zu. Dieser Transport hatte den noch nicht ganz trockenen Bildern nicht wohl getan. Der junge Maler, den man so wenig aufmunternd behandelt hatte, brachte dann etwa eine Woche damit zu, mit spitzen Pinseln Tausende von Kohlenstäubchen, die seinen Landschaften einen vornehmen Galerieton gaben, aus der Leinwand herauszuholen. Diese Arbeit brachte ihn begreiflicherweise nicht weiter, und in dem damaligen Hamburg war auch sonst wenig Hilfreiches zu finden. Die Kunsthalle, in ihren Vorlichtwarkschen Tagen, enthielt noch nichts von ihrem heutigen Reichtum. Und als der Frühling kam, kehrten beide, mit einem befreiten Atemholen, nach

Worpswede zurück, das sie nun schon ganz als ihre Heimat betrachteten. Nun kam ein Jahr gemeinsamer Arbeit. Unzählige Studien wurden gemalt. Modersohn, dessen Art es entsprach, alle starken Eindrücke in raschen Daten festzustellen, brachte manchen Tag bis zu sechs Blätter mit nach Hause. Eine Weile lang wurde Mackensen mitgerissen; ein Wettlauf entstand, bei dem er unterlag. Er blieb zurück, holte Atem und besann sich auf sich selbst. Hier begann jeder der beiden Freunde seinen eigenen Weg zu gehen. Hatten sie bisher wie aus einer Kraft gelebt, so hielten sich ihre gesonderten Kräfte nunmehr das Gleichgewicht. Sie hörten auf, eine und dieselbe Straße zu teilen, aber sie bekamen immer mehr das Gefühl, dasselbe Land nach zwei verschiedenen Seiten hin zu erforschen. Das war eine neue, reiche Gemeinsamkeit: denn, dass es ein weites Land sei, wollten sie.

Der Dorfschneider. Studie.

Es zeigt sich immer wieder, dass die künstlerischen Ereignisse sich, weit unter der Oberfläche des momentanen Lebens, in einer gleichsam zeitlosen Tiefe vollziehen. Während Mackensen noch damit beschäftigt war, Studien zu malen, die ihm schwerfielen und ihn bedrückten, waren seine Kräfte tiefinnerlich schon um ein werdendes Bild versammelt, das er dann im Herbst in verhältnismäßig kurzer Zeit heruntermalte. Es war schon fertig in ihm, als er vor die Leinwand trat.

Es hatte vielleicht schon im Frühjahr, als Idee, irgendwie in ihm geblüht, inzwischen war der Sommer vergangen und nun, im Herbst, fiel es von ihm ab, reif, schwer, ausgewachsen, in Einklang mit der ganzen Natur und mit allen Bäumen dieses Herbstes. Man kann dieses Bild nicht besser kennzeichnen, als es durch diese Übereinstimmung mit dem Gange des Jahres geschieht. Es gleicht einer nordischen Frucht, einem Herbstapfel mit gesunder, starker, farbiger Schale, dessen Duft schon seinen Geschmack ahnen lässt: eine herbe Saftigkeit und zugleich etwas von jener verhaltenen Süße, wie sie gewisse dunkelrote Rosen bei Einbruch der Nacht ausströmen. So ist dieses Bild, welches, im Besitze der Bremer Kunsthalle, „Der Säugling" heißt; Mackensen hat es öfters auch die Frau auf dem Torfkarren genannt. Diese beiden Namen geben seinen Inhalt: eine Frau, auf dem Torfkarren sitzend, säugt ihr Kind. Das ist alles, das heißt, es ist der Anlass zu allem, was dieses Bild an Größe, Schlichtheit und Schönheit enthält. Mackensen hat es bis jetzt noch nicht übertroffen. Hier hat er mit einem Wort gesagt, was er später in langen Sätzen wiederholt hat. Das soll kein Tadel sein; er hat uns zuerst ein wunderbar großes Wort seiner eigenen Sprache gezeigt und uns dann erst eingeführt in die Grammatik und den Satzbau seines Idioms. Eines ist so wertvoll, wie das andere. Nur weil einige Meister diese Offenbarungen in verkehrter Reihenfolge aufweisen, scheinen sie uns stärker und nachhaltiger zu überraschen. Aber auf Überraschungen kommt es ja auch nicht an.

„Wo ist Millet hergekommen?", fragt Muther in seinem bekannten Buch von der Malerei. Hier hätte man fragen können: „Wo ist Mackensen hergekommen?" Wer ist es, der dieses Bild gemalt hat? Erinnern wir uns, dass es ein junger Mann ist aus dem Flecken Breene im Braunschweigischen, sechsundzwanzig Jahre alt, auf dem Lande wohnend, unter Bauern. Bei Fritz August Kaulbach und bei Dietz hat er gearbeitet, aber man merkt, dass er vergessen hat, was die ihm sagen konnten. Und außer ihnen hat ihm kaum jemand etwas gesagt. Peter Janssen vielleicht, vielleicht der Gymnasiallehrer Büttger? ...

Und Bilder? Bilder hat er wenige gesehen. Bis zu seinem achtzehnten Jahre keine. Dann eine Handzeichnung von Holbein, später in Mün-

Der Säugling. Gemälde. 1893.

chen manches: Tizian, Dürer, Böcklin und Feuerbach. Vielleicht einmal einige Reproduktionen nach Millet. Aber hindert das zu fragen: „Wo ist Mackensen hergekommen?" Es ist immer dieselbe Frage. Und die Antwort heißt: Aus sich. Aus den rätselhaften Tiefen der Persönlichkeit. Aus Vätern und Müttern, aus vergessenen Schmerzen und Schönheiten, aus vergangenen Zufällen und unvergänglichen Gesetzen.

Man betrachte dieses Bild. Man präge sich diese ruhige Kontur ein, den Ausdruck dieses Gesichts, auf dem die Arbeit verklingt, um der Liebe Platz zu machen, man sehe sich diese Hände an, wie sie sich groß und ruhend über dem Kinde schließen – man wird mir zugeben, dass das lauter noch ungesagte Dinge sind, die sich hier aussprechen. Und man wird nicht umhin können zu bewundern, wie ruhig und selbstverständlich sie das tun, wie reif, ohne übertriebene Lautheit, ohne Betonung. Man versuche dieses Bild jemandem zuzuschreiben. Bastien-Lepage vielleicht hätte es malen könne, wenn er nicht so krank gewesen wäre…

„Unsere Augen sehen gesund und frei" – schreibt Mackensen einmal. Und dieses Bild ist voll von diesem gesunden Sehen. Gesundheit ist Gleichgewicht. Und hier, in diesem Bilde, ist Gleichgewicht. Gleichgewicht in der Raumverteilung, in Form und Farbe. Die Farbe ist schwer, nicht ganz frei in der Empfindung, das einzige Zögernde in dem Bilde. Aber diese Vorsichtigkeit trägt nur dazu bei, das still zurückhaltende, abwartende Wesen dieses Werkes zu steigern.

Es ist ein Devotionsbild des Protestantismus. Keine Madonna, eine Mutter; die Mutter eines Menschen, der lächeln wird; die Mutter eines Menschen, der leiden wird; die Mutter eines Menschen, der sterben wird: die Mutter eines Menschen.

Auf den Ausstellungen vom Jahre 1895 hat dieses Bild keine Rolle gespielt. Vielleicht weil es schlecht gehängt worden ist, besonders aber weil gleichzeitig ein ganz großes Bild desselben Künstlers ausgestellt war, das, obwohl es, mit seinen etwa vierzig Figuren, nicht an die Größe des Mutterbildes heranreicht, im Leben und in der Entwicklung Mackensens eine wichtige Stelle einnimmt. Es ist jenes Bild, das zu malen er sich entschloss, als er das erste Mal nach Worpswede kam.

Damals sah er das Missionsfest in dem benachbarten Schlußdorf, und im Jahre 1887 sah er es wieder. Er schrieb darüber an Otto Modersohn: „Die Leute schon so zu sehen ist famos; nun denke Dir aber diese interessantesten Leute bei einem Missionsfest, tief andächtig, unter freiem Himmel. Heute weswegen fuhren wir per Wagen nach einem nahen Dorf, und ich hörte bis sechs Uhr abends vier Prediger. Das heißt, ich skizzierte während dieser Predigten die andächtigen Leute.

Gottesdienst. Gemälde. 1895.

Ich bin ganz selig in dem Gedanken, später ein Bild davon malen zu können…“. Er ahnte damals noch nicht, was es heißen würde, dieses Bild zu malen. Es war keine Seligkeit. Es war ein Kampf. Gleich nachdem „Der Säugling“ beendet war, ging er daran. Die Riesenleinwand stand meistens im Freien, nur im ärgsten Winter auf der Diele eines Bauernhauses. An ein Atelier war nicht zu denken. An die Kirchenmauer gelehnt, stand das Bild, Tag und Nacht. Zeitig früh, im kühlen Morgenschatten malte er. Und der Herbst war da mit seinen Stürmen. Malen hieß frieren. Malen hieß mit dem Winde ringen wie Jakob mit dem Engel des Herrn. Malen hieß nachts aufspringen und stundenlang draußen bei dem Bilde stehen, wenn der Sturm es zu stürzen drohte. Das hieß malen. Wer hat schon so gemalt?

Im nächsten Sommer, als das Bild, um der Modelle willen, in Selsingen, auf der Geest, stand, ging es nicht viel besser. Ungewöhnlich früh setzte der Herbst des Jahres 1893 ein. Und dazu die inneren Kämpfe, die Zweifel und Hoffnungslosigkeiten, die bei einer so kolossalen Aufgabe nicht ausbleiben konnten. Vielleicht, so schien es, hätte das Bild kleiner und zu Hause gemalt werden müssen, mit Studien nach der Natur. Es hatte etwas Entmutigendes mit dieser Riesenleinwand, hinter den Modellen herzuziehen, wie mit einem ungeheuren Menschenkäfig. Und jahrelang im Winde zu stehen und zu frieren.

Mackensen sah sich nach jemandem um, der helfen könnte. Vokelmann, der spätere Berliner Professor, der damals gerade in Selsingen malte und zu dem Mackensen Beziehungen hatte, redete zu, konnte aber nichts erreichen. Eine Weile dachte Mackensen sogar daran, nach München zu Uhde zu gehen. Aber schließlich ist er doch allein, ohne Hilfe, fertig geworden. In Berlin, wo er, durch Vermittlung Vokelmanns, ein Atelier in der Akademie erhalten hatte, vollendete er in den folgenden Wintern das große, schwere Bild. Er nannte es „Gottesdienst im Freien“. Und ein „Gottesdienst im Freien“ waren diese drei Arbeitsjahre wirklich für ihn gewesen. Er hat sich ihn nicht leicht gemacht, seinen Gottesdienst. Wie ein Knecht hat er seinem Gotte gedient, mit der Frömmigkeit eines Asketen und Kreuzfahrers. Nicht mit Worten, mit der Tat. Wie sollte man es anders als freudig begrüßen, dass man in dem Bilde Spuren jenes Ringens erkennt, aus dem es entstanden ist? Sollte nur der Sieg ein Denkmal haben und Kampf keines?

Es ist schon gesagt worden, dass es in der Gesamtwirkung dem Bilde der Frau auf dem Torfkarren nachsteht. Nun muss hinzugefügt werden, dass es in gewissen Details über jenes Bild hinausragt und zugleich es bestätigt, indem es seine Werte übertrifft. Vergleiche sind immer falsch und billig. Die Aufgabe war hier eine ganz andere; keine

Studie zu dem Gottesdienstbilde. 1893.

Fragment aus dem Gottesdienstbilde.

größere und keine geringere, aber eine längere und in vieler Beziehung schwierige. Sie ist auf der ganzen linken Seite des Bildes ausgezeichnet gelöst. Die Gruppierung ist leicht und doch dicht wie ein Gewebe. Die Wiederholung der gleichen Tracht in den Mädchen und Frauen ist zu einem Rhythmus erhoben, dessen Worte gleichsam die vielen Profile sind, die sich so wundervoll überschneiden. Diese Überschneidungen sind vielleicht das Bedeutendste in dem Bilde. In ihnen offenbart sich die Überlegenheit des Meisters. Wer sich die Mühe gibt, die ganze Sitzreihe entlang gerade dieses Problem zu verfolgen, der wird erstaunt sein über den geradezu verschwenderischen Reichtum an Stellungen, über diese Abwandlung des Themas, das fast unerschöpflich scheint. Und in der zweiten Reihe, wie da ein altes und ein junges Gesicht zueinander stehen – das hat, gleich liebevoll und intim, nur noch Felix Trutat zu sagen gewusst auf dem Doppelbildnis, das man in Paris so sehr bewundert hat.

Der „Gottesdienst" war für Mackensen auch der erste Schritt in die größere Öffentlichkeit. Bekannt werden musste in diesem Falle heißen: berühmt werden; wenigstens für München gilt dies, für Bremen, wo die Bilder zuerst ausgestellt waren, noch nicht. Dort sah sie, mit den Bildern der anderen „Worpsweder", Herr von Stieler, der Präsident der Münchener Genossenschaft, und er bot den fünf Malern, die jetzt in Worpswede wohnten, einen besonderen Saal im Glaspalast des Jahres 1895 an. Sie kamen, und sie waren das Ereignis der Saison. Mackensen und Modersohn vor allem. Modersohn vielleicht noch mehr.

Denn für Mackensen gab es auf den ersten Blick Anklänge; das Publikum, das ja viel gesehen hat, konnte, da es flüchtig zu sehen liebt, an irgendeinen Armeleutemaler denken. Viele erinnerten an Uhde. Modersohn aber konnte man sich, auch bei oberflächlichem Zusehen, nicht erklären. Trotz der Schotten. Staunend kaufte man seinen „Sturm im Teufelsmoor". Mackensen aber erhielt, obwohl er noch gar keine Auszeichnung besaß, für den „Gottesdienst im Freien" die große goldene Medaille.

Aber es ist fast belanglos, wie die Öffentlichkeit sich zu diesen stillen, einsamen Arbeitern stellte. Hätte sie sich gesträubt, es wäre auch nicht anders gewesen. Diese Leute wussten ihren Weg und fuhren fort, ihn zu gehen.

Mackensens Weg geht geradeaus auf den Menschen zu, auf den Menschen dieser einsamen schwarzen Erde, auf der er lebte. Wo er in die Natur sah, fand er scharf umrissene Einzeldinge, aber in den Menschen, in diesen stillen nordischen Gestalten, war alles zusammengefasst, was er suchte. Es gibt Künstler, die, wenn sie Musik hören, plötzlich einen Charakter, eine Szene, eine Stimmung begreifen, die ihnen lange unfassbar schien: Ein Lied war imstande, die weithin zerstreuten Strahlen zu sammeln, was in der Natur entfernt oder streng getrennt nebeneinander liegt, zu vereinen und sie empfangen von ihm, fast vollendet, was ihnen zu schaffen unmöglich schien. Was für diese Künstler die Musik ist, das ist für Mackensen die Figur: der Extrakt der Landschaft. Wo er nur Landschaften gibt, hat man das Gefühl von etwas Verdünntem, Abgeschwächtem, Leerem. In seinen landschaftlichen Zeichnungen drängt sich dies, bei aller Trefflichkeit, ganz besonders auf. Diese Blätter wirken wie Seiten, die mit einer großen, sicheren Handschrift dicht beschrieben sind. Das Bildhafte fehlt, das Starke, Gesammelte, Konzentrierte, diese malerische Expansivkraft, die sofort wieder da ist, wo es sich um eine figürliche Darstellung handelt. Und doch ist Mackensen kein Menschenmaler; er hat keine Überlegenheit über das menschliche Gesicht, und Porträts setzen ihn in Verlegenheit. Wohl konnte er jene Menschen malen, deren Schicksale, nach dem Worte Taines, aus der Beeinflussung der Natur entspringen und nur aus ihr. Kulturmenschen, Leute aus der Stadt sind Heimatlose für ihn, und Gott weiß woher ihre Schicksale stammen. Es fehlt ihm an Fähigkeit und an Freude, das zu erforschen. Sie muten ihn an wie abgeschnittene Blumen, die man aus einem fernen, fremden Lande geschickt bekommt. Sie sagen ihm nichts oder doch nur einen Anfangsbuchstaben, und er hat keine Lust, weiterzuraten; er müsste den Boden sehen, auf dem sie gestanden haben, die Luft, die um sie war, das Licht, das sie erwärmt und den Regen, der sie verdunkelt hat, um sich für sie interessieren zu können. Und ähnlich wie er vor solchen Blumen nicht als Künstler stünde, sondern einfach als der und der, so ist es auch bei Aufgaben dieser Art das Private, Zufällige, gleichsam das Bürgerliche, das, indem es spricht, den Künstler in ihm stört und kränkt.

Mensch (im banalen Sinne genommen) und Künstler sind ja nie ein und dieselbe Person. Der Künstler ist das Wunderbare, der Mensch das Erklärliche; der Mensch ist in dem Flecken so und so geboren, der den Künstler gar nicht interessiert; der Mensch ist, aus was für Verhältnissen er auch kommen mag, doch immerhin Produkt dieser bestimmten Verhältnisse, selbst dann, wenn er sie widerlegt.

Den Künstler aus diesen Verhältnissen heraus ableiten zu wollen, ist falsch, schon deshalb, weil er sich überhaupt aus nichts ableiten lässt. Er ist und bleibt das Wunder, die unbefleckte Empfängnis ins Seelische übertragen; das, wovor alle staunend stehen, am meisten vielleicht er selbst.

Man kann es bei Mackensens Bildern deutlich sehen, dass es ihnen schadet, wenn neben dem Künstler auch der Mensch bei der Arbeit beteiligt war. Sie bekommen sofort etwas Stoffliches, Anekdotisches, Sentimentales. Der Pfarrer auf dem Gottesdienstbild ist von der Art. Es ist, als hätte nicht der Künstler allein ihn gewählt, weil gerade diese Figur notwendig war, die Schlichtheit und Stille der Gruppe auf der linken Seite im Gleichgewicht zu halten; vielmehr als hätte hier ein junger Mensch seine Verehrung für diesen schönen und gütigen Greis ausgesprochen. Der Maler Mackensen hätte diesen Kopf nicht gebraucht; er hatte schon auf seinem Mutterbild eine Schönheit des menschlichen Gesichtes entdeckt, die neuer, wahrer und tiefer war.

Es hieße sich wiederholen, wollte man bei anderen, späteren Werken dieses Künstlers verwandte Betrachtungen anstellen. Es muss nur noch gesagt werden, dass sich bei allen diesen Anlässen ein überaus sympathischer, etwas altmodischer, fast mädchenhaft-zarter Mensch offenbart, den man nur deshalb zu bekämpfen hat, weil er kleiner ist als der Künstler, dem er schadet.

Ein späteres Bild Mackensens, die bekannte „Trauernde Familie", ist ganz frei von diesem gefährlichen Dualismus.

Obwohl es sich in diesem Bilde um ein Interieur handelt, ist Mackensen auch hier „Landschafter". Diese Menschen stehen um den kleinen Leichnam, als stünden sie am Ufer eines Teiches, in welchem das Kind ertrunken ist. Nicht eine von den gewöhnlichen Zufälligkeiten des Innenraumes spricht hier mit herein. Und nur weil es diesen in sich versunkenen Menschen gleichgültig ist, was sie umgibt, scheinen die stillen Wände sich hinter ihnen zu schließen. Man denke, was Israëls hier gegeben hätte. Das Interieur hätte gesprochen, die Dinge, das Fenster. Die Menschen, auch wenn sie ebenso regungslos gewesen wären, würden gesteigert erschienen sein, verlassen, arm, fassungslos, persönlich geworden im Schmerz. Große Menschenmaler sagen immer das Individuelle, Zugespitzte, Isolierte; hier aber in der „Trauernden Familie" ist das Allgemeine gesagt worden, das Landschaftliche gleichsam. Wenn wir einen Wald traurig nennen, dann stehen die Bäume so: Zusammengerückt und doch einzeln, stumm, hängend, wie gebunden an etwas Unsichtbares. Diese Leute haben gearbeitet. Sie haben nicht viel Zeit gehabt, sich mit dem kleinen Kinde zu beschäftigen; es ist ihnen fast fremd und macht sie, im Augenblick da es geht, verlegen wie ein Gast. Meistens war es den Geschwistern überlassen. Mit denen hat es gelebt, denen hat es zugelacht, sie begannen es zu verstehen. Auf sie fällt der Schatten dieses Verlustes. Aber ein Verlust ist nur eine Überraschung für sie, und Überraschungen sind Augenbli-

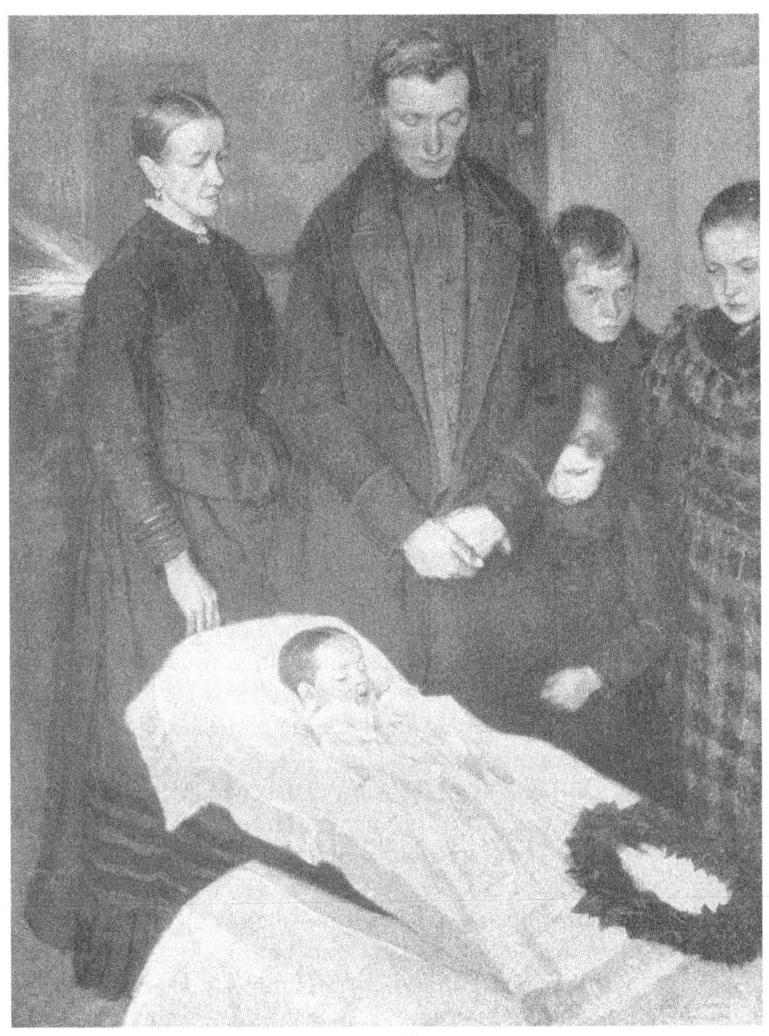

Trauernde Familie. Ölgemälde. 1896.

cke. Morgen werden sie wieder lachen. Und die Eltern werden wieder arbeiten. Sie stehen still beisammen, bedrückt durch die Stille, durch die Kleider, die sie tragen, durch den unerwarteten Feiertag, der so mitten hinein in die Woche kam. Sie denken nicht an den Tod; sie denken an das Leben, das vergeht.

Wie in dem „Gottesdienst im Freien" liegt auch hier der malerische Reiz in der natürlichen, dichten Struktur der Gruppe und in den Überschneidungen. Die beiden Kinderköpfe, die durch den linken Arm des Mannes teilweise verdeckt werden, sind in dieser Beziehung besonders reif empfunden, wie überhaupt die ganze Ausfüllung des Raumes auf das sichere Können eines Meisters hinweist.

Etwas verändert klingt das Thema vom Tode in dem kleineren, aber figurenreicheren Bilde an, das „Dodenbeer" heißt. Auf der Diele eines Bauernhauses, allein in der Mitte, steht der Sarg. An den Wänden entlang sitzen die Männer schwarz, schweigsam, als ob einer den anderen nicht kennte, und wie im Freien mit ihren schwarzen, hohen Hüten. Hinten in der Stube versammeln sich die Frauen. Einzelne dieser Figuren sind prachtvoll erfasst, aber man möchte sagen, jede mit einem anderen Griff. Sie gehen nicht gut zusammen. Es bleiben Zwischenräume zwischen ihnen, die sich nicht ausfüllen lassen. Etwas Fragmentarisches geht durch das ganze Bild und ein Fragment ist es, das seinen besten Wert ausmacht. Vorne links geht ein kleines Mädchen mit dem Kranze in das Bild hinein, etwas befangen und doch im Gefühle einer gewissen Würde: das ist ganz unglaublich fein ausgedrückt, etwa wie Kalckreuth es gesagt haben würde. Diese Episode wiegt das ganze Bild auf, eben weil sie so ganz ruhig und sachlich, ohne eine Spur von Sentimentalität hineingesetzt worden ist.

Von großen Bildern ist noch eins, „Die Scholle", zu erwähnen. Es hat die Erfahrungen des Künstlers besonders nach der Seite der Farbe hin erweitert. Hier handelt es sich nicht mehr um den gleichmäßig bedeckten Himmel der früheren Bilder. Vor der wolkig-bewegten Luft stehen die beiden Frauen, welche die Egge ziehen, groß, einfach, stark in der Bewegung, die sie nicht erniedrigt. Wie die rote Jacke der einen leuchtend wird hoch im Himmel, und wie der Wind, der vor dem Abend hergeht, in den weißen Schleierhüten sich dehnt und den Eindruck des Ziehens, wie in eine andere Sprache übersetzt, wiederholt, das ist vielleicht die bester Erinnerung aus dem Bilde. Der Alte, welcher die Egge lenkt, würde vielleicht noch besser zur Geltung kommen, wenn die Bewegung der Figuren nicht ganz parallel mit der Bildfläche, sondern in einem kleinen Winkel zu ihr sich entwickelt hätte. Er wäre dann mehr zurückgetreten, wäre selbst kleiner gewor-

Dodenbeer.

den und seine nach hinten gespannte Haltung, die der Vorwärtsbewegung der Frauen etwas von ihrer Wucht nimmt, wäre nicht so sichtbar gewesen. Das Bild hätte auch an Tiefe gewonnen, wenn diese dunkle Gestalt zu dieser Tiefe in Beziehung gesetzt worden wäre. Indessen, was das Bild enthält, ist vollkommen darin zum Ausdruck gekommen. Nur der Name ist unbefriedigt geblieben. „Die Scholle" zu malen steht Mackensen noch bevor. Er hat sie noch nicht gemalt wie man sie vom Berge sieht, wie er sie sehen wird von den Fenstern seines neuen Hauses aus: in ihrer breiten, großen, schweren Dunkelheit. Es gehört zu seinen liebsten Plänen, die flachen, fließenden Felder zu malen, wie sie sich langsam in breiten Wellen, Feld bei Feld, hinuntersenken in die Niederung der tiefen Wiesen und zu den fern schimmernden Wassern der Hamme hin.

Es ist, als wäre vieles Vorbereitung gewesen für diese kommenden Bilder, die er, ebenso wie seine früheren, durch das Medium der Gestalt sehen und sagen wird. Zwei Arbeiten stehen angefangen auf seinem Atelier. Der Säemann. Mit einer schwarzen, breiten Bodenwelle, wie getragen von ihr, kommt er auf den Beschauer zugeschritten, erfüllt von der stillen, rhythmischen Wiederkehr seiner ernsten Gebärde. Millet hat sie zuerst gemalt. Er hat ihr eine fast prophetische Größe gegeben, und doch hat er ihre ganze Tiefe nicht ausgeschöpft. Über jedem Lande ist sie neu, wie das Leben, das mit jedem Menschen neu geboren wird. Sie scheint sich zu ändern je nach dem Verhältnis, in welchem Bauer und Boden zueinander stehen. In reichen, üppigen Ländern ist sie sorglos, frei und verschwenderisch. Rasch schreitet der Säende über die offenen Schollen. In anderen Gegenden geht der Bauer langsamer über sein einsames Land. Die Bewegung seines Armes ist liebevoller, nachdenklicher. Manchmal steht er fast still; die Erinnerung hält ihn auf, an die Zeit, da hier noch Moor war und Heide. Damals war er noch jung und alle Arbeit, die ihn alt gemacht hat, lag noch vor ihm.

Diesen Säemann wird Mackensen malen. Er kennt ihn; er kennt die Menschen und das Land, in dem er lebt, als ob er hier aufgewachsen wäre. Die Eindrücke, die er hier seit Jahren empfing, haben sich an die Erinnerungen seiner Kindheit gehängt und sind verschmolzen mit ihnen. Er hat keine andere Heimat mehr und die Wahlheimat, in der er wurzelt, ist besser als eine ererbte. Er hat sie nicht geschenkt bekommen; er hat um sie geworben, hat sie sich erkämpft, Schritt für Schritt, Tag um Tag. Sie ist die Welt für ihn geworden, die Erde, und da lebt er nun. Und alles was geschieht, geschieht hier, alles was vergangen ist, ist hier vergangen. Auch das Unvergängliche. So konnte er daran denken,

Die Scholle. Nach dem Ölgemälde von Fritz Mackensen. 1898.

jenen anderen Säemann zu malen, dessen Gebärde über die ganze Welt gewachsen ist von Aufgang nach Untergang. Und er malt den Augenblick des Ausstreuens: die Bergpredigt. Jesus steht am Rande des Berges, an eine große, gewaltige Eiche gelehnt, die mit alten Ästen nach Norden und Süden weist, nach Osten und Westen. Stille, lauschende Menschen stehen um ihn her, senken den Kopf oder sehen ihn an. Er aber schaut über sie fort, schaut wie die flachen, fließenden Felder sich langsam in breiten Wellen, Feld bei Feld, hinuntersenken in die Niederung der tiefen Wiesen und zu den fernschimmernden Wassern der Hamme hin.

Das ist kein neues Thema für Mackensen. Es ist im Grunde, was er schon immer gemalt hat. Die große Natur, gesehen und erlebt durch das Medium des Menschen. Der Schritt zur Bibel lag da sehr nahe; denn von ihr gilt was Dürer von dem guten Maler gesagt hat: Sie ist innerlich voller Figur.

Die letzten Jahre bedeuten für Mackensens Leben und Wirken einen bedeutsamen Einschnitt. Sie holten den Künstler aus der niederdeutschen Einsamkeit, in die er sich verschlossen, wieder in die große Welt zurück. Seit den Münchener Studientagen hatte er den Trubel und die ablenkenden Zerstreuungen der Städte ebenso gemieden wie den Kunstbetrieb der offenen Schulen und Akademien, und in der ernsten Stille droben auf dem Weyerberg „fühlt' er sich eine Welt erstehn". Seiner herben, ernsten Natur war der vertraute Umgang mit wenigen Gleichgesinnten lieber als das Vorüberschwirren der Massen, die uns doch immer fremd bleiben. Und als Künstler brauchte er die Fremde noch weniger, da sein scharfer Blick, der in alle letzten Ecken und Winkel dringt, in dem umgrenzten Bezirk von Worpswede einen so gewaltigen, immer neuen Reichtum an stofflichen Motiven und malerischen Vorwürfen erkannt hatte, dass ihn keine Lust anwandelte, sich durch die Eindrücke ungewohnter landschaftlicher Erscheinungen zu verwirren und zu zersplittern. Da kam der Lockruf. Die Weimarer Kunsthochschule, die sich unter Hans Oldes Leitung seit einem Jahrzehnt verjüngt und erfrischt hatte, pochte bei ihm an. Und aus dem Führer der Eigenbrödler bei Bremen ward nun doch noch, wenigstens dem Titel und der äußeren Stellung nach, ein richtiger akademischer „Professor".

Die Weimarer Kunstschule hat jahrzehntelang um die Erfüllung ihres heißen Wunsches gerungen, einen Mittelpunkt und eine Pflegestätte der lebendigen deutschen Kunst zu bilden. Als der Klassizismus, dessen großer Vertreter in der thüringischen Musenstadt, Friedrich Preller, noch bis zu seinem Tode 1878 eine Macht darstellte, anderen Tendenzen zu weichen begann, versuchte man es, in den sechziger Jahren, mit den Vertretern des neuen Künstlergeschlechts, das eine sinnlich-lebendigere, ausdrucksvollere Farben- und Formauffassung anstrebte. Man berief Böcklin, Lenbach, Reinhold Begas an die Ilm. Aber die Herrlichkeit dauerte nicht lange. Die mit Traditionen und Vorurteilen geschwängerte Luft der Goethestadt war noch zu drückend, um tatenfrohen jungen Leuten die rechten Lebensbedingungen schaffen zu können; wenige Jahre, nachdem sie gekommen, war die große Trias wieder verschwunden. In der Folgezeit meldeten sich wieder andere Persönlichkeiten zum Wort, deren Namen im letzten Kapitel der deutschen Kunstgeschichte einen guten Klang haben. Ludwig von Gleichen-Rußwurm, Schillers Enkel, predigte, unbekümmert um die Verständnislosigkeit, die ihn umgab, die neuen Lehren Claude Monets. Christian Rohlfs trat ihm zur Seite und schwenkte frühzeitig zu der radikalen Gruppe der Neoimpressionisten ab. Aber das blieben Ausnahmen, die der Hochschule fern standen, wo nur Theodor Hagen als Maler und Lehrer den Prinzipien der neuen Zeit, ehrlichem Wirklichkeitsstudium und intimer Vertrautheit mit der Natur, den Weg bahnte. Der Aufschwung des offiziellen Betriebes in Weimar datiert erst von der Jahrhundertwende, da Hans Olde, Ludwig von Hohmanm, Adolf Brütt, Henry van de Velde dorthin berufen wurden. Gari Melchers und Fritz Mackensen gesellten sich jetzt hinzu.

Ein „richtiger akademischer Professor“? Ach nein, das stimmt nun doch nicht ganz. Mackensen nahm wohl das Lehramt an. Aber er behielt doch seinen Sitz in Worpswede bei, um, namentlich im Sommer, eine Zuflucht aus der fremden Umgebung in die stille Landschaft zu haben, die seine Heimat geworden, und den Zusammenhang mit dem Erdreich nicht zu verlieren, aus dem sein Künstlertum seine Triebkraft gewonnen hatte. Und er blieb seiner Jägerleidenschaft treu, die ihn, wie im skandinavischen Norden Vruno Liljefors, immer wieder den Pinsel mit der Büchse vertauschen lässt, um die Natur nicht zu verlieren. Doch mit dem zähen Ernst und der unerschütterlichen Energie, die zu den Grundzügen seines Wesens gehören, ergriff er zugleich den Lehrberuf, von der leidenschaftlichen Sehnsucht erfüllt, auch hier all seine Kräfte anzuspannen und Lebendiges zu schaffen.

Inzwischen ging Mackensens künstlerische Arbeit unaufhaltsam voran, indem sie das alte, immer neu durchforschte Stoffgebiet ständig erweiterte. Das schöne Bild „Mutter und Kind“ darf als ein spä-

teres Gegenstück zu jenem herrlichen Gemälde der „Worpsweder
Madonna" gelten, das einst des Künstlers Ruhm begründete.

Das Thema ist hier weit herber gefasst; es fehlt das Versöhnende,
Lyrische des älteren Werkes. Mit unerbittlichem Ernst ward dies
arme, geplagte Menschenkind dargestellt, mit tiefem Mitleiden
für die Qual und Mühe, die in ihrem schmalen Antlitz sich spiegeln. Mackensen hat fast niemals schöne Menschen im Alltagssinne
gemalt; junge Mädchen sind seltene Gäste auf seinen Bildern, die um
so lieber alte und alternde Frauen und Männer aufnehmen. Aber es
ist sein Geheimnis, wie er Häßlichkeit und Eckigkeit, Rauheit und
selbst Deformierung so machtvoll von innen heraus zu beseelen vermag, dass ein rührender Hauch von Anmut um die abgehärmten, früh
durchfurchten, von Arbeit und Entbehrung gestempelten Gesichter
schwebt. So ist es auch hier. Die Blässe der Erschöpfung, die auf den
mageren Wangen der Mutter ruht, wird noch besonders betont durch
die lebhaften Farben des gestreiften, karierten und geblümten Bett-
zeugs, die Schwäche des Körpers deutlich gemacht durch die lastende
Schwere des Kopfes und der großen Arbeitshände; um so ergreifen-
der wird der Blick mütterlicher Zärtlichkeit, in dem zugleich eine leise
Frage zu liegen scheint, ein eigentümliches, stumpfes Nichtverstehen
des großen Lebensmysteriums, das diese Frau erlebt hat. Die Wirkung
des Bildes wird verstärkt durch den Kontrast der Linien, welche die
Lage der beiden Gestalten bestimmen: die der Mutter führt nach
rechts, die des Kindes nach links hinauf. Die Kontraste der Gesichter, der Hände kommen hinzu. Und der niedrige Abschnitt des Bildes
nach oben bringt etwas seltsam Gedrücktes über die Szene, erfüllt den
Raum mit einer ganz bestimmten Atmosphäre der Armut, durch die
die matte Inbrunst jenes Mutterblicks wie ein schwacher Hoffnungs-
strahl leuchtet.

Charakteristisch ist die Komposition dieses Bildes: der Standpunkt
des Malers ist ein verhältnismäßig tiefer, so dass er und wir mit ihm
zu den Figuren hinaufblicken. Das ist ein zeichnerisches Prinzip, das
Mackensen mit Leibl teilt, der meist ähnlich vorging; wohl aus dem
Grunde, weil so die menschlichen Gestalten bedeutungsvoller aus der
Umgebung herauswachsen, den Bildraum kräftiger beherrschen und
an Ausdruck gewinnen. Der „Trinkende Bauer" ist ebenso gesehen.
Und der Erfolg ist klar erkennbar: der Mann wird sofort mehr als nur
ein trinkender Bauer; wird, bei aller Wahrheit und Natürlichkeit seiner
Gesten, bei aller Intimität, mit der er beobachtet und wiedergegeben
ist, zu einem Vertreter seiner ganzen Kaste, und das Trinken aus dem
Kruge erhält gleichsam eine symbolische Bedeutung, als sei es ein Aus-

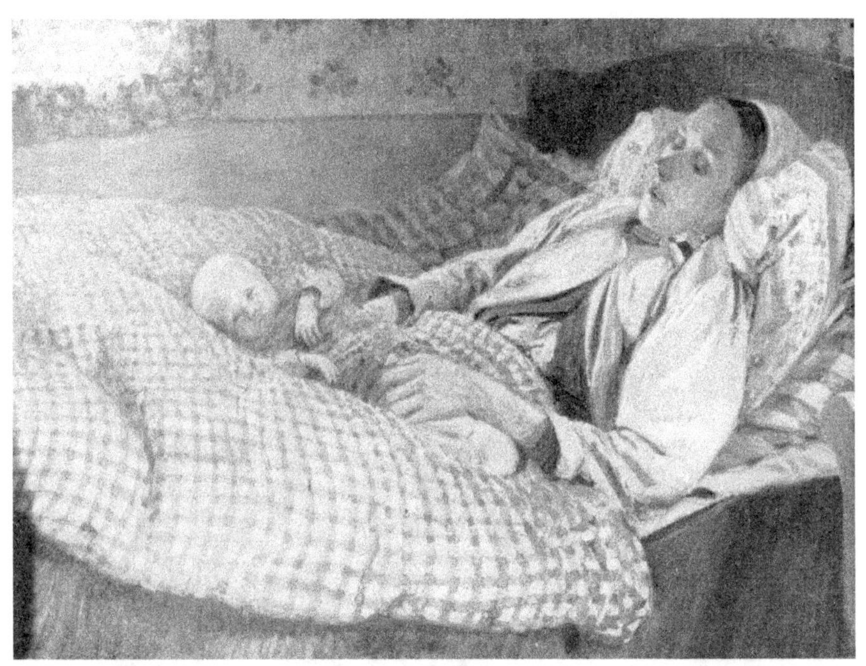

Mutter und Kind.

druck nicht nur für körperliches, sondern zugleich für ein seelisches Dürsten, für eine heiße, quälende Lebenssehnsucht, die Erquickung sucht. Die kniende Stellung unterstützt diesen Eindruck außerordentlich. Schön hebt sich die dunkle Silhouette vom hellen Hintergrund der blonden Garben und der frischen Stoppeln ab.

Zugleich aber sehen wir Mackensen auf neuen Wegen. Das oben erwähnte Bild des Säemanns tritt in einer Variante auf.

Der Säemann.

Die Gestalt kommt hier nicht auf uns zu, sondern wendet sich von uns ab und schreitet ins Bild hinein. Dadurch wächst die Raumwirkung der breit gelagerten Landschaft, weil wir den Weg des Mannes mitmachen und im Geist mit ihm den weiten Hügelrücken ermessen, mit ihm am Rande der großen Erdwelle in die Endlosigkeit der Ferne blicken. Das heißt: das landschaftliche Thema wird stärker betont als in der früheren Fassung, mehr noch als vorher tritt der Säer nicht als Beherrscher des Naturausschnitts auf (wie Millet ihn fasste), sondern als ein Teil der Welt ringsum, obschon die Konturen, die seine Erscheinung umschreiben, deutlich genug gehalten sind. Das Abwenden des

Trinkender Bauer.

Antlitzes wirkt gleichfalls dabei mit; da wir es nicht sehen, ist die Gefahr vermindert, dass unsere Aufmerksamkeit von der Gesamtheit des Stückes Wirklichkeit, auf die es dem Künstler ankam, auf ein Detail abgelenkt wird. Auch sonst ist hier ein Neues zu finden. Die scharfe Bestimmtheit, die oft harte, unbarmherzig entschiedene Art des Vortrags bei Mackensen (der freilich trotzdem das Malerische zugunsten des Zeichnerisch-Plastischen nicht vernachlässigt) weicht hier einem entschlossenen Hinarbeiten auf das Malerische, Farbige, auf einen einheitlichen, zusammenfassenden Ton, auf eine stark subjektiv gefärbte Durchdringung des Motivs. Mackensen liebt sonst die reale Bestimmtheit. Er strebt auf eine Objektivität der Schilderung, die keinen Zweifel lässt, und das Träumerische, Versonnene ist seine Sache nicht. Von einem „Hineingeheimnissen" persönlicher Stimmungen in das Landschaftliche war früher selten oder nie die Rede. Hier ist dergleichen anzutreffen, und ein pantheistisches Gefühl spricht mit, das nicht nur den Säemann, sondern auch uns, die Beschauer, mit wohlerwogener Absicht als ein winziges Teilchen der Unendlichkeit charakterisiert.

Das wird noch deutlicher in dem Bilde „Dämmerung" mit seinen – verschwimmenden Umrissen, mit seinen gedämpften Lichtern und der gehaltenen Schwermut seiner ganzen Stimmung.

Dämmerung.

Gerade Dämmerung und verschwimmende Konturen hat Mackensen früher gern vermieden. Hier ist alles gleichsam aus der Malerei zu musikalischem Ausdruck geworden. Die Wirkung des Bildes wird vor allem hergestellt durch den Gegensatz der welligen Horizontale, die den Ausschnitt begrenzt, und die ernste, fast drohende Vertikallinie des dunkel aufragenden Segels, die von den schwachen Linien der Mühlenflügel leise begleitet wird.

Und hier sind nun die menschlichen Gestalten ganz zurückgedrängt: der Horizont wächst über sie hinaus, die Landschaft schluckt sie gewissermaßen, – es ist ein ähnlicher Vorgang, wie er sich bei Max Liebermann abspielte, als er daran ging, die Eindrücke von Millet und Israëls her zu verarbeiten und an Stelle ihrer Epik eine mehr zusammenfassende Auffassung zu setzen. Das Epische geht immer vom Menschen aus und kehrt zu ihm zurück. Sobald die Natur als ein Ganzes genommen ist, werden wir ins Lyrische gezogen. In unserem Bild wird diese lyrische Note noch besonders unterstrichen durch die weiche Dunkelheit, welche die Abendschatten schon über die Erde breiten, während der Himmel noch vom Glanz des scheidenden Tages kündet. Nur ein paar ausdrucksvolle Helligkeiten unterbrechen in der unteren Hälfte des Gemäldes die sonoren Klänge der Dämmerung: in der Mitte, doch in einer launigen Linie quer gezogen, der blinkende Streifen des Kanals, über dessen Spiegel die Männer am Ufer das beladene Boot treideln, rechts, in weiterem Abstand, der weiße Unterbau der Mühle, und links (ein feiner Gedanke) das Kleidchen des Kindes, das in aller Schwermut der Abendstimmung mit einem harmlosen Spiel beschäftigt scheint.

Neben Mackensens Malerei dürfen seine anderen künstlerischen Bemühungen nicht vergessen werden. Vorab seine Radierungen, von denen dies Buch wenigstens eine Probe bringt: das Porträt eines weißbärtigen Alten, das jedoch bereits eine Vorstellung von der Fähigkeit des Künstlers gibt, die malerischen Möglichkeiten des Schwarzweiß und die technischen Finessen der Kupferplatte auszunutzen. Die Studien, die wir bringen, kommen hinzu, um die Feinheit und Weichheit seiner sehr persönlichen Liniensprache zu kennzeichnen. Auch der Plastik hat Mackensen mehrere Besuche abgestattet. Diese Ausflüge der Künstler in die Nachbargebiete sind in jüngster Zeit häufiger geworden. In Dänemark versuchte sich der Maler Peter Severin Kröyer in flotten Porträtbüsten. Bei uns interessieren namentlich die hübschen Bronzen von Pötzelberger in Stuttgart, Artur Kampf in Berlin und von zwei Worpswedern, denn neben Mackensen hat auch Hans am Ende diese Abwechslung gesucht. Während Franz Stück, seinen stilisierenden Neigungen entsprechend, kleinere Skulpturen im pompejanischen Geschmack einer hellenistisch-barocken Antike modellierte, haben sich diese ausgesprochen malerischen Talente hier mehr von der impressionistischen Strömung beeinflusst gezeigt. Mackensens kleines plastisches Porträt seiner Mutter, sein Knabenakt und seine alte Frau mit der Ziege liefern den Beweis dafür, mit welchem Geschick und Formgefühl er sich des breiten Vortrags bediente, der durch Rodin, Meunier, Troubetzkoi seine Ausbildung erfahren hat.

Studie. 1890.

Studie.

Studie.

Studie. 1892.

Studie.

Herbstabend. 1899.

In der Hütte. 1900.

Porträt seiner Mutter.

Alte Frau. Aquarell. 1894.

Ölgemälde. 1895.

Herbst. Ölgemälde. 1895.

Zeichnung. 1896.

Plastik.

Studie eines Engels.

Porträt. Radierung. 1897.

Studie zum Gemälde „Im Sturm". 1898.

Porträt Bürgermeister Gildemeister.

Porträt.

Der Fischer. Ölgemälde. 1901.

Landschaft mit Segelschiff.

Porträt Leisewitz.

Porträt. 1901.

Otto Modersohn.

Otto Modersohn

Im Sommer 1890 stellten die Schotten, die sich in dem Dorfe Cockburnspath, bei Glasgow niedergelassen hatten, zum ersten Male in München aus. Man erinnert sich ihrer noch, als 1895 die Bilder aus Worpswede kamen. Aber diese Erinnerung verminderte nicht die Überraschung, welche die Werke dieser deutschen Maler bereiten mussten. Ein bekannter Kritiker schrieb damals, am 15. Oktober 1895: „Der Erfolg, den die Maler von Worpswede auf der heurigen Jahresausstellung im Münchener Glaspalast errangen, hat in der Geschichte der neueren Kunst nicht seinesgleichen. Kommen da ein paar junge Leute daher, deren Namen niemand kennt, aus einem Ort, dessen Namen niemand kennt, und man gibt ihnen nicht nur einen der besten Säle, sondern der eine erhält die große goldene Medaille und dem anderen kauft die Neue Pinakothek ein Bild ab. Für den, der irgendweiß, wie ein Künstler zu solchen Ehren sonst nur durch langjähriges Streben und gute Verbindungen kommen kann, ist das eine so fabelhafte Sache, dass er sie nicht glauben würde, hätte er sie nicht selbst erlebt. Niemals ist eine Wahrheit so unwahrscheinlich gewesen."

Diese unwahrscheinliche Wahrheit war vor allem Otto Modersohn. Er war mit nicht weniger als acht Bildern vertreten, acht rasch hintereinander gemalten Bildern, in denen alles Glanz, Klang und atemraubende Bewegung war. Sein „Sturm im Teufelsmoor" wirkte wie eine Ballade, gesprochen von einem greisen Rhapsoden mit weißem, wehenden Barte. Und derselbe, der einen Sturm so erleben konnte wie man ein Drama erlebt, derselbe hatte auch dieses helle, stille, gleichsam erwachende Bild gemalt, diesen „Herbstmorgen am Moorkanal" mit seiner friedlichen Tiefe und dem einsamen Haus, das, von durchscheinenden, schütteren Schatten verdunkelt, hinter den hellglänzenden, goldtragenden Birken steht. Das waren Kontraste. Krieg und Frieden, Hymne und Hirtenlied. Aber man sah auf den ersten Blick, dass sie ein Mensch in sich trug, ein schauender Mensch mit einer weiten Seele, in der alles Farbe und Landschaft wurde. Man stand vor Erlebnissen. Es waren *confessions*, was da gegeben war. Bekenntnisse in Versen, in breiten, langzeiligen, rauschenden Versen. Die Sprache war neu, die Wendungen ungewöhnlich, die Kontraste klangen aneinander wie Gold und Glas. Man hatte ähnliches nie gesehen, man war beunruhigt, betroffen, ungläubig. Bis jemand den Namen Böcklin aussprach. Freilich, jeder behauptete diesen Namen auf der Zunge gehabt zu haben; Böcklin: damit war alles gesagt. Einige Vorsichtige aber meinten: Nein, nicht alles. Und heute fühlt man sogar: nichts.

Nein, es war wirklich nichts damit gesagt. Ein bekannter Name war neben einen unbekannten gestellt worden. Nun standen sie zum ersten Male nebeneinander. Und? Und die Bilder des Unbekannten waren erklärt, mit Etikette versehen, chronologisch eingeordnet. Und? Und man konnte das Weitere ruhig abwarten. – Von diesem Weiteren wird hier die Rede sein.

Um aber zunächst die beiden Namen, die man zusammen gebracht hat, voneinander zu trennen, ist es gut, gleich zu sagen, was für Beziehungen zwischen diesem und jenem sich nachweisen lassen. Böcklin kam 1846 zu Schirmer nach Düsseldorf, Modersohn, als er achtunddreißig Jahre später an die Düsseldorfer Akademie kam, empfing seine ersten malerischen Anregungen aus den Landschaften Schirmers und Lessings. Das ist das eine. Und das andere: im Jahre 1888 besuchte Modersohn zum ersten Male München und die Schackgalerie. Böcklin, der ihm dort zuerst entgegentrat, war ein großer unvergeßlicher Eindruck für ihn, man kann ruhig sagen: der größte. Corot, Millet und Dupré, die er gleichzeitig auf der Ausstellung in München kennen lernte, verblaßten daneben. Aber welchem jungen Maler mochte das damals nicht so gehen? Und geht es heute nicht allen ebenso? Böcklin ist ein Abschnitt, eine Wasserscheide, das Neue Testament der Malerei; Und vor allem der Landschaftsmalerei. Sich zu ihm zu bekehren, ist selbstverständlich, an seine Lehre zu glauben, nicht gefährlich, da sie längst aufgehört hat als Ketzerei zu gelten. Sie ist Staatsreligion. Und überdies vergisst man, dass gerade die Ganzgroßen jungen Leuten nichts zu sagen wissen als: „Sei du. Man weiß ja nicht ob es möglich ist, aber wenn du irgend kannst, – sei du.“ Das hat damals Böcklin zu dem jungen Modersohn aus seinen Bildern heraus gesagt. Und Modersohn ging hin und versuchte es und wurde es und war es. Das ist seine Beziehung zu dem Meister von Fiesole.

Sei du! Einer sein, als Künstler, heißt: sich sagen können. Das wäre nicht so schwer, wenn die Sprache von dem einzelnen ausginge, in ihm entstünde und sich, von da aus, allmählich Ohr und Verständnis der anderen erzwänge. Das ist aber nicht der Fall, im Gegenteil, sie ist das Gemeinsame, das keiner gemacht hat, weil alle es fortwährend machen, die große, summende und schwingende Konvention, in die jeder hineinspricht was er auf dem Herzen hat. Und da kommt es vor, dass einer, der innerlich anders ist als seine Nachbaren, sich verliert, indem er sich ausspricht, wie der Regen im Meer verloren geht. Alles Eigene erfordert also, wenn es nicht schweigen will, eine eigene Sprache. Es ist nicht ohne sie.

Das haben alle gewusst, die große Verschiedenheiten in sich fühlten. Dante und Shakespeare haben sich ihre Sprache gebaut, ehe sie redeten, Jacobsen schuf sich die seine, Wort für Wort. Woher sie zu holen ist, hat er besonders deutlich durch die Tat gezeigt, und Delacroix hat das Rezept gegeben in den Worten: „La nature est pour nous un dictionnaire, nous y cherchons des mots."

Das scheint in Widerspruch zu stehen mit einer Behauptung, welche sich am Eingange dieses Buches findet, damit, dass gesagt wurde die Natur sei dem Menschen gegenüber das andere, das Fremde, das nicht einmal Feindliche, das Teilnahmslose. Und das wird nun an dieser Stelle nicht aufgehoben, sondern wiederholt. Gerade dieser Umstand macht es möglich, sich der Natur als eines Wörterbuches zu bedienen. Nur weil sie uns so sehr verschieden, so ganz entgegengesetzt ist, sind wir imstande, uns durch sie auszudrücken. Gleiches mit gleichem zu sagen ist kein Fortschritt. Eisen an Eisen geschlagen gibt nur ein Geräusch, keinen Funken.

Freilich diese eigentümliche Möglichkeit ist nicht von Anfang an dagewesen, sie hat sich entwickelt, sie ist gewachsen. Sie ist eine von den hundert Beziehungen, mit welchen der Mensch sich im Laufe der Jahrhunderte an die Natur gehängt hat. In den fernsten Zeiten nahm er ihre taube Gleichgültigkeit für Strenge und, weil er ihre Kälte nicht ertrug, bevölkerte er sie mit großen, grausamen Mächten und unterwarf sich ihnen. Und doch war diese Demut nichts anderes als eine maßlose Überhebung. Die ganze Natur schien damit gezwungen, sich auf den Menschen zu beziehen; es war, als könnte sie sich nur durch ihn, durch sein vergrößertes und verzerrtes, götzenhaft vergröbertes Ebenbild ausdrücken. Damals gab es keine Kunst. Man sah die Natur nicht, man fürchtete sie. Und auch als man zu sehen begann, sah man nicht sie; man sah das Nächste: den Nächsten. Er war das erste Stück Natur, von dem man Ausdrücke verlangte; zunächst, weil man Hilfe brauchte und wehrlos war, nur Ausdrücke für das Dringendste, Nötigste, Gemeinsamste. Auch damals gab es noch keine Kunst.

Sie beginnt in dem Augenblick, da ein Mensch an ein Stück Welt herantrat, um aus ihm Worte für etwas Ungemeinsames, Ungemeines, Persönliches zu holen. Da, kaum dass das Gemeinwesen gesichert und der einzelne geschützt ist, in der ersten freien Minute gleichsam, fragt er nach sich. Und schon ist ihm der Nächste nah, um aus ihm das Bild für sich, für sein erstes, einsames Erlebnis zu nehmen. Im Fernsten, das er noch überschauen kann, sucht er es auszusprechen Und so ist diese erste Periode der Kunst, von der wir wissen, bezeichnet durch zwei Darstellungen, die immer wiederkehren: der König und das Tier. Und nun bleibt das Gesetz das gleiche durch alle Entwicklungen hindurch. Immer ist der Künstler derjenige, der etwas Tiefeigenes, Einsames, etwas, was er mit niemandem teilt, sagen will, sagen muß, und immer versucht er das mit dem Fremdesten, Fernsten, das er noch überschauen kann, auszusprechen. Dass dieses Fernste immer auch dasjenige ist, was er am meisten liebt, folgt vielleicht erst daraus. Diese Liebe ist vielleicht nichts als seine rührende Dankbarkeit gegen den Gegenstand, von dem er sichtbare Zeichen für sein innerstes Erleben verlangen darf. Dieser Gegenstand verändert sich von Zeiten zu Zeiten, er nähert sich immer mehr der wirklichen Natur, bis er, in unseren Tagen, mit ihr zusammenfällt. Für den griechischen Künstler war es der nackte Mensch, zur Zeit der Wiedergeburt war es das Angesicht und das Weib und jetzt ist es die Landschaft, die wirkliche Natur, zu der die Dinge, seit man sie aufmerksamer zu malen begann, langsam hingeführt haben.

Der Künstler von heute empfängt von der Landschaft die Sprache für seine Geständnisse und nicht der Maler allein. Es ließe sich genau nachweisen, dass alle Künste jetzt aus dem Landschaftlichen leben. Sehr leicht ist z.B. an altmodischen Gedichten zu sehen, wie man zaghaft glaubte, mit den Mitteln der Landschaft nur das Allgemeine sagen zu können; man meinte das Höchste erreicht zu haben, wenn man die Jugend dem Frühling, den Zorn dem Gewitter und die Geliebte der Rose verglich; man wagte gar nicht persönlicher zu sein, aus Furcht, von der Natur im Stiche gelassen zu werden. Bis man fand, dass sie nicht nur für die Oberfläche der Erlebnisse einige Vokabeln enthielt, sondern vielmehr Gelegenheit bot, gerade das Innerste und Eigenste, das Allerindividuellste, bis in seine feinsten Nuancen hinein, sinnlich und sichtbar zu sagen. Mit dieser Entdeckung beginnt die moderne Kunst.

Wenn es scheint, dass hier Überflüssiges, nicht in diesem Moment Fälliges zur Sprache kam, so wäre zur Entschuldigung zu sagen, dass es bei der Menge und Verwirrung der Meinungen nicht gut angeht, von einer bestimmten Kunst zu reden, ohne gewisse allgemeine Punkte festgelegt zu haben, auf welchen alle vorangehenden und alle folgenden Betrachtungen ruhen. Diese Voraussetzungen wollen sich nicht aufdrängen und sind nur da, um von dem Leser für die Dauer dieses Buches als Schlüssel gebraucht zu werden.

Leider gibt es ja in den wesentlichen Fragen der Kunst und des künstlerischen Schaffens noch keine breitere Übereinstimmung, mit der man stillschweigend rechnen kann; so ist jeder gezwungen, seinen

Standpunkt anzugeben. Er läuft sonst Gefahr, mißverstanden zu werden, oder überhaupt unverständlich zu bleiben.

Auch die Stelle, an welcher diese Bemerkungen eingefügt wurden, war nicht willkürlich gewählt. Sie waren für alle Künstler, von denen hier zu reden ist, wichtig. Vor allem aber: wie wäre es ohne diesen Fernblick möglich gewesen, die Bedeutung Otto Modersohns zu fassen, da man die Elemente seiner Kunst nicht anders als Persönlichkeit und Landschaft nennen kann? Um diesem Künstler gerecht zu werden, war es notwendig, statt der nächstliegenden Entwicklungen entferntere zu betrachten und einen Augenblick abzuwarten, wo in weite und geheimnisvolle Zusammenhänge ein Leuchten fiel. Und nun, da der Blitz, der sie aufdeckte, erloschen ist, kann man vorsichtig mit der bescheidenen Lampe weitergehen.

Der Schein dieser Lampe fällt in eine kleine Welt. Er beleuchtet ein Stück Mauer, das zu einem alten, kleinen Hause gehört und einen Baum, von dem es sich zeigt, dass er in einem Garten steht, der, ähnlich wie ein Klostergarten, ganz von großen, alten Mauern umgeben, in die Höhe gewachsen ist, weil es ihm an Raum gefehlt hat, sich auszubreiten. Und dabei ist es kein ganz kleiner Garten: wenn man die Mauern aus verwittertem grünem Stein, von denen schwer der schwarze Efeu niederhängt, fortnehmen könnte, würde er ordentlich groß werden, aufatmen. Aber so sind die Gärten von Soest. So liegen sie, einer neben dem anderen, Straßen entlang, jeder in seinen vier Mauern, über welche nur die Wipfel rauschend herüberragen. Und dann ist es einmal Sonntagnachmittag, und man geht so eine leere Gartengasse entlang, umgeben vom Geräusch der eigenen Schritte, so geht man und schaut die Baumkronen an und denkt sich die Gärten dazu, aus denen sie hinausgewachsen sind. In den meisten Gärten stehen keine Häuser mehr; sie blühen und welken so vor sich hin, und es scheint kein Mensch von ihnen zu wissen. Aber selbst, wo noch Häuser sind, ist es schwer zu sagen, wer sie bewohnt. Man hört nur die Stimmen manchmal, wenn man an den Mauern vorübergeht, doch sie scheinen weit herzukommen von einem fernen Orte oder aus einer fernen Zeit. Aus der Zeit, da es hier viele Stimmen gab. Gewichtige Stimmen von Ratsherren, sanfte, gleichsam beschattete Frauenstimmen und Stimmen von jungen Mädchen und Kindern, die hell und herzlich zusammenklangen. Denn Soest war einmal eine große Stadt. Und wenn man da aufwächst, so denkt man immerfort an die Vergangenheit. Wie alles wohl war, denkt man, und man wird nicht müde zu suchen, was etwa aus diesen Tagen des Glanzes und der Größe noch könnte geblieben sein. Und da finden sich vor allem zwei Dinge: die Kirchen und die Gärten.

Zu sagen, dass sie die Kindheit Otto Modersohns beeinflussten, ist
zu wenig: sie waren sie. In den Kirchen sah er die Vergangenheit auf-
bewahrt, festgehalten, dort konnte sie nicht vergehen. Man musste nur
in St. Petri eintreten, um in einer anderen Welt zu sein; da war noch
Mittelalter. Anders in den Gärten. Auch sie redeten von der Vergangenheit, aber sie hatten verstanden, sie irgendwie zu verbrauchen, umzu-
setzen, – sie lebten, sie veränderten sich, sie gehörten jeder Stunde, die
kam, dem Regen, dem Wind, dem Abend und der Stille, und im März
jedes Mal, wenn der Schnee verging, konnte man sehen, dass sie voll
Zukunft waren. Das Gefühl für Sage und Märchen, das sich in Otto
Modersohn und in seiner Kunst später so wundervoll entwickelt hat,
ist aus diesen Eindrücken geboren worden; denn was sind Sagen anderes als Vergangenheiten, die sich in der Natur aufgelöst haben, Gestalten, die sich verschenkt haben an sie; ihre Zeit ist vorübergewesen,
aber die Natur ist wie eine bleibende Zeit und hat Leben genug, um
ihnen davon abzugeben und sie zu erhalten. Sie haben sich ihr angepasst; die Männer haben die Gebärden der Bäume angenommen und
die Mädchen haben von den Bächen singen und von den Winden tan-
zen gelernt. Und nun leben sie in der Natur wie in einem See, aus dem
sie manchmal auftauchen um Atem zu holen und um zu schauen, ob
nicht am Ende der Gartenwege ein Mensch erscheint, den sie betrachten können. Denn sie sind noch nicht ganz so gleichgültig gegen den
Menschen wie die Natur, in der sie leben; der Wald schaut immer in
sich hinein und das Dunkel seiner hundert Augen ist in ihm. Sie aber
horchen aus dem Wald heraus auf das Knirschen der Wege und auf die
Stimmen, welche näher kommen.

Das sind die Märchengestalten Otto Modersohns, und er mochte sie
damals schon geahnt haben. Aber es war ein weiter Weg bis zu ihnen,
und er fing gleich an, ihn zu gehen. Da handelte es sich vor allem darum,
der Natur so nahe als möglich zu kommen. Zu tun als lebte man in ihr,
ganz so wie jene Wesen, eingeweiht in alle Geheimnisse und vertraut
mit der Tagesparole, die ausgegeben war. Da war keine Blume zu klein,
sie wurde befragt und musste sagen, was sie wuss<te. Kein Käfer war zu
gering; er lebte doch immerhin mitten drin, und man konnte eine Menge
von ihm lernen. Nicht nur die Bäume, Büsche und Blumen kannte man;
es war eine fortwährende Volkszählung der gesamten Einwohnerschaft
des Gartens im Gange, und ein jeder Vogel, der sich vorübergehend
innerhalb der Efeumauern aufhielt, musste angemeldet sein. Man hielt
offenes Haus und machte, was die Gäste anbetrifft, keine Ausnahme.
Spinnen, mit ihren Eiersäcken beladen, gingen aus und ein, Fliegen und
Falter, Ameisen im Arbeitsrock und vornehme Käfer im grünen, golden

schimmernden Staatsfrack. Und schließlich verkehrte man, in aufgeklärter Weise, auch mit den Gespenstern dieser kleinen Welt, den Larven. Man zitierte sie aus ihrem Grabe und sie kamen mumienhaft, wie in unzählige Bänder eingebunden, lang, schmal und mit verschleiertem Gesicht; man durfte sie nicht übergehen, denn sie wussten vielleicht am meisten von der Zukunft. Und so vergingen jene Jahre, welche vergehen wie ein Tag, so verging die Kindheit. Und eines Morgens erwachte der Held dieser Geschichte in einem fremden Bette, und vor den Fenstern seiner Stube lag, statt des Gartens, eine Gasse, die Gasse einer alten Stadt, die an Soest erinnerte, nur dass ihr die Gärten fehlten. Kirchen waren da, ja es gab sogar eine große Menge davon und sie waren alle voll Gesang, Klang und Pracht; denn sie waren katholisch. In Münster war das. Oft erschien da ein junger, hagerer Gymnasiast bei den Franziskanern, wenn die langen Maiandachten abgehalten wurden und sah, von einer dunklen Ecke aus, den braunen Mönchen zu, die da in der Dämmerung des Chores nach unbekannten Gesetzen sich bewegten. Dieser junge Mensch, der sonst leicht verlegen wurde, konnte stundenlang stehen und irgendwelche Leute beobachten ohne alle Befangenheit. Er sah sie, wie er die kleinen Tiere sah und lernte dabei, ähnlich wie er von ihnen gelernt hatte: lernte Bewegungen, die in seltsamer Übereinstimmung standen mit dem Kleide, das einer trug, lernte in das geheimnisvolle Durcheinander einer Menge Rhythmus legen, lernte, dass die Umgebung auf merkwürdige Art an den Gestalten teilnimmt, und dass diese wieder in sie hineingehen, sich verlieren in ihr, verkleidet, mit einem lautlosen Mimikry angetan, das sich abstuft, einstimmt, unterordnet; lernte mit einem Wort, dass auf diese Weise überall ein Stück Natur entsteht, dass Wesen und Welt seltsam verwoben erscheint für das Auge dessen, der, nachdem er nahe war, zurücktritt und in ruhigem Schauen ein Ganzes zu fassen sucht. Und wenn das das Leben der Dämmerung war, so waren die großen Kirchenprozessionen das Leben des Lichts. Wie da alles durcheinanderwogte, Gesichter und Blumen, die hellen Kleider der Kinder und die bunten Brokate der Geistlichkeit. Die Monstranzen fingen das Sonnenlicht und warfen es haufenweise unter die Menge, und über allem schaukelten die schweren, farbigen Fahnen, mit jenem besonderen Schwanken, in dem man die Schritte der Träger und die Anstrengung ihrer Arme wiedererkannte. Alles war Unordnung, Durcheinander, Verwirrung. Aber das Licht kam, umgab die Dinge und die Menschen, und schien alles mit Gesetzen zu erfüllen und in fabelhafter Geschwindigkeit eines auf das andere einzustimmen.

Mit Wiesenblumen ist es manchmal so: man hat sie eilig gepflückt, ohne hinzusehen, eine zur andern getan und es konnte, wenn man es

genau nimmt, nichts dabei entstehen als ein Tumult. Aber auf einmal
zögert man, hält den Strauß in die Luft und staunt, was das für ein Einklang ist; die Übergänge sind sanft abgestimmt und die Kontraste klingen rein aneinander.

Aber es war noch viel mehr in der Stadt zu sehen. Am Lamber-
tusturm hingen die Käfige der Wiedertäufer und manchmal, wenn
eine Prozession sich näherte, konnte man glauben, Johann von Ley-
den zu sehen, wie er, beladen mit allen Schätzen seines Königtums,
hinter dem ungeheuren Nichtschwert herging, in dem seine Macht,
wie in einem einzigen Worte, zusammengefasst war. Und drüben im
großen Rathaussaal waren noch die Bilder der Herren, die 1648 den
großen Frieden gemacht hatten zu dem großen Krieg. Ihre Stühle standen noch da und man konnte sich einbilden, in den Kissen noch die
Abdrücke zu sehen, die eine andere Folge jener langen und wichtigen
Sitzung der Gesandten waren.

Im Sommer vergaß man das alles. Da war die Natur die Hauptsache, die, wenn auch vor die Tore der Stadt verlegt, doch immer noch
einem so innigen Wunsche zehnmal im Tage erreichbar war. Aber im
Winter, wenn draußen nichts war, da begann die ganze Vergangenheit
wie eine zweite Natur, wie ein Wintergarten, zu wachsen und zu blühen. Eine große Tabelle wurde angelegt, die alle Könige und Kaiser
umfasste und die, als man mit den regierenden Dynastien der ganzen
Welt fertig war, sich auch noch den Päpsten, den Bischöfen, den Her-
zogen und einigen bevorzugten Fürsten- und Grafenhäusern öffnete,
soweit man ihrer Namen und womöglich ihrer Bilder habhaft werden
konnte. Natürlich wurden die Bilder genau abgezeichnet und bemalt.
Und nicht diese Bilder allein, alles Bildmäßige, was irgend erreichbar
war, verfiel einer mehr oder weniger heimlichen Reproduktion, die
aber immer farbig gedacht war. Auf diese Weise gab es viel zu tun. –
Scheint es übertrieben, diesen Beschäftigungen eines Jünglings so viele
Zeilen zu widmen? Man unterschätze nicht die Bedeutung dieser Jahre
für den Künstler. Sie sind ganz erfüllt von einer frohen und naiven Vorbereitung und man kann behaupten, dass in ihnen nichts geschieht,
was mit dem noch unformulierten Lebenswunsch und Lebensdrang
des Menschen, der dabei reift, nicht im innigsten Einklang stünde.
Ganz mit sich allein gelassen, arbeitet die Natur rastlos an der Erfüllung des noch unverratenen Planes. Ein fortwährendes Herbeitragen,
Sammeln, Aufspeichern ist das Charakteristische dieser Jahre. Und die
Auswahl geschieht noch ganz von selbst. Mit einer fast somnambulen
Sicherheit greift die Natur nach dem, was sie braucht, und sie findet es
immer unter hundert Dingen heraus.

Das verändert sich im Augenblick, da das Ziel ausgesprochen ist. Die tägliche, auf das Persönlichste zugeschnittene Selbsterziehung wird durch äußere Einflüsse ersetzt, die daneben fast zufällig scheinen. Die Natur wird gestört, ihre Sicherheit verschwindet und die Wege, die so breit und still vor einem lagen, füllen sich mit Menschen und Meinungen an, durch die man sich nicht durchzudrängen vermag.

Später, wenn man diese gefahrvolle Zeit überstanden hat, erkennt man deutlich, wie man mit allem Eigenen wieder dort anknüpft, wo man einst unterbrochen worden ist. Man sieht zurück und bewundert die überlegene Weisheit jener dunklen Zeit, in der nichts umsonst geschah und alles für die Zukunft. Kleine Liebhabereien waren die Wurzeln einer großen Liebe. Es ist nichts verloren gegangen; und später erkennt man in jeder guten Frucht, die man bringt, eine Blüte wieder, die man damals trug.

Es genügt, kurz zu notieren, dass Otto Modersohn, neunzehn Jahre alt, Münster verließ und die Akademie in Düsseldorf bezog, wo er vier Jahre arbeitete. Dass er dort eine liebevolle Teilnahme bei Professor Dücker und Fritz Mackensens Freundschaft gewann und mit ihm und Alexander Hecking im Jahre 1888 nach München kam. In München sah er Böcklins „Meeresstille" und das kleine, schmeichelnd weiche Bild in der Schackgalerie lange an, ging aber dann für ein Jahr zu Professor Baisch nach Karlsruhe, wo er ebenso unbefriedigt blieb wie früher in Düsseldorf. Das Resultat dieser letzten Jahre lautet, kurz zusammengefasst: es muss anders werden. Und nun ist zu erzählen, wie es anders wurde, ganz anders.

Worpswede begann; es ist schon gesagt worden wie. Es war von jenem Herbst die Rede, da drei junge Maler auf einer Brücke standen und nicht Abschied nehmen konnten; von dem Winter, der da kam mit langen Abenden und Gesprächen und mit Büchern, die man fürs Leben lieb gewann; von dem anderen Winter in Hamburg und davon, dass keiner recht beginnen konnte. Auch für Otto Modersohn war es nicht leicht anzufangen. Wohl war ein Wunder geschehen. Eines von jenen Wundern, die geschehen müssen in jedem Künstlerleben, damit es sich ganz entfalten könne. Eine Sprache war ihm gegeben worden, eine eigene Sprache, wie Rossetti sie mit Elisabeth Ellinor Siddal empfing. Aber nun lag die eigentliche Arbeit erst vor ihm. Er fühlte es vielleicht in den ersten Wochen schon, dass hier in der seltsamen, geheimnisvoll reichen Natur Worpswedes seine Sprache auf ihn wartete, er begegnete auf seinen Wegen tausend Ausdrücken für tausend Erlebnisse seiner Seele und erkannte sie auf den ersten Blick. Hier war ein Land, mit dessen Dingen er sich sagen konnte. Hier waren Morgen voll Hoffnung und Heiterkeit und Nächte voll Sterne und Stille. Tage brachen an, in denen Unruhe war, Wucht und Sturm und die Ungeduld junger Pferde vor dem Gewitter. Und wenn es Abend wurde, so war eine Herrlichkeit in allen Dingen, gleichsam ein flutendes Überfließen, wie bei jenen Fontänen, bei denen eine jede Schale sich füllt, um sich rauschend in eine tiefere zu ergießen.

Und immer wenn dieser Überschwang verklungen war, kam eine Stunde, die noch nicht Nacht war und nicht mehr Tag. Der Glanz war noch da, aber er blendete nicht mehr. Er lag still an die Dinge geschmiegt und schien aus ihren Poren auszuströmen in die lautlos dunkelnde Luft. Eigentümlich vereinfacht waren die Konturen der Bäume; alles Kleinliche war von ihnen genommen. Und die Nachtigall, die in ihnen zu schlagen begann, erhob ihre Stimme; und ihre Stimme ging über die Ebene hin, als ob es die Stimme eines großen Vogels wäre.

Erinnerungen stiegen auf, Erinnerungen an Kirchen und Gärten, Könige und Kinder von Königen. Hier war alles wiedergefunden, was einmal so lieb und nahe und wichtig war; und alles war hier an jeder Stelle. Man musste nicht mehr von einem zum anderen gehen, von der Kirche in den Garten und vor die Stadt und in den Rathaussaal Dieses Land hatte keine Historie gehabt. Aus langsam sich schließenden Sümpfen war es ausgewachsen, und die Leute, die sich, arm und elend, darin niederließen, hatten keine Geschichte. Und doch schien alle Vergangenheit und die Pracht aller Vergangenheit irgendwie darin enthalten zu sein. Als hätte man ein farbiges Zeitalter zerstampft und dann in die Sümpfe verrührt, aus denen diese Welt entstanden war. Der Boden war schwarzbraun, fast schwarz, aber er konnte sich dem Rot zuneigen oder dem Violett, einem Rot und einem Violett, wie es nur in alten Brokaten gleich schwer und leuchtend zu finden war. Oft war er weithin mit Heide überzogen und das gab ihm eine raue Oberfläche, die bald stark farbig, bald verblichen schien und fleckig, hell und dunkel, wie ungleichmäßig aufgekämmter Sammet. Und neben der Heide stand in weiten Streifen ein weiches, wehendes Gras, blaß, blond, immer bewegt und ohne Glanz. Im Herbst vor allem war es so. Die Birken standen da und konnten, gleich weiß verkleideten Heiligen, das Licht kaum unterdrücken, das in ihnen war. Ihre Stämme enthielten alles Weiß der Welt, nach geheimnisvollen Gesetzen geordnet. Da war das Weiß der Lilien, in dem immer etwas vom Mondschein schimmert, da war das schattige Weiß, wie es im menschlichen Auge ist, und das rötliche, gleichsam erregte Weiß mancher Rosenblätter. Da waren Weiße, die nie jemand gesehen hatte, und die man nicht nennen konnte; so besonders waren sie. Und wenn man zu Füßen der Birke nur ein wenig die Erde hob, so sah man Wurzeln, gekleidet in ein großes, rauschendes Rot, das Rot mächtiger Könige, das Rot Tizians und Veroneses. Und man hatte das Gefühl, als müsste man nur irgendwo die schwankende Kruste dieses Landes aufreißen, um die Farben aller Feste und den Glanz urweltlicher Sommertage an die hundert Wurzeln gebunden zu finden. Aber wenn man ein Stück weiter ging und an den Schiffgraben trat, in welchem regloses Wasser lag wie ein Spiegel aus dunkelblauem Stahl, da konnte man auch denken, dass unter allem, unter Wiesen und Wegen und Hainen, derselbe gläserne Abgrund stand, in den eine buntdunkle Welt schwer und hilflos hinunterhing.

Dieses Wunder war geschehen. Der Seele eines jungen Malers war dieser Wortschatz gegeben worden, damit sie sich sage. Aber bei den ersten Versuchen erwies es sich schon, dass es vor allem nötig war, diese Sprache zu erlernen, still und nüchtern zu erlernen mit dem Buche in der Hand, Gesetz für Gesetz. Wohl war die Sprache da, aber er beherrschte sie nicht. Wie eine Kette mit edlen Steinen lag sie vor ihm, aber er vermochte nicht, sie zu tragen. Und so ging er denn hinaus Tag für Tag in die Natur, schrieb ihre großen Worte nach und ihre kleinen, und ihre ganz kleinen Worte, streng, gewissenhaft, ohne auch nur an einer Silbe zu rühren. Das war Grammatik. Und langsam konnte man zur Syntax übergehen, im Winter. Da lagen in der niederen Stube Otto Modersohns Schmetterlinge, aufgeschlagen wie Bücher. Er las auf ihren Flügeln und in den Federn von Vögeln wie in einem Kompendium der Farbenlehre. Das waren keine trockenen Lehrbücher. Einfach und reich zugleich war ihr Stil, voll von Beispielen und Gleichnissen. Und dann sah er den gepressten Pflanzen zu, wenn sie vertrockneten. An Stelle der frischen Farben traten welke, stumpfe, Farben der Erinnerung statt der Farben des Lebens. Rot dunkelte fast zu Schwarz, Blau verblich wie an der Sonne und alle Grüns nahmen eine bräunliche, dauerhafte Färbung an, die sich nicht mehr veränderte. Aber trotz dieses Wechsels ging die Harmonie nicht verloren. Jeder Ton schien vom anderen zu wissen, und nach dem Schwanken einiger Verwandlungen trat ein neues Gleichgewicht ein, ebenso eigentümlich, geheimnisvoll und reich wie die Melodie des Lebens war. Jahre vergingen so, ganz mit Lernstunden angefüllt, und wenn etwas diese Jahre verdüsterte, so war es die Ungeduld dessen, der sich danach sehnte, in der Sprache zu dichten, die er eben richtig zu schreiben begann. An manchen Stellen prägte sich auch, durch den herben Ernst des Lernenden hindurch, das linde Lächeln des Dichters ahnend aus. Es gibt eine Studie aus dem Jahre 1893, ein gewissenhaftes Diktat nach der Natur, das doch (man kann nicht sagen weshalb)

wie ein Gedicht anmutet. Da sieht man eine kleine Wiesenschlucht, in
der ein Rest Wasser steht, glanzlos hell. Weiden rings herum. Von der
Höhe des Hanges, aus dem grauen, zerstreuten Licht, ist ein Mädchen
heruntergekommen und steht nun vorgebeugt, nahe am Wasser. Ihre
rote Jacke leuchtet, von der Dämmerung vertieft, aus dem gedämpften
Silbergrün dieses stillen Bildes.

Aber es kommen auch wieder Zeiten der Zagheit und des Zweifels,
Zeiten, wie sie jeder Lernende durchmacht, wo die Aufgabe unermeß-
lich scheint und kaum noch begonnen. Als Reaktion einer solchen Zeit
sind jene acht Bilder zu betrachten, welche in München, im Glaspalast von 1895, so großes Aufsehen erregten. Sie zeigen nicht nur eine
gewisse sichere Beherrschung der Sprache, es hat auch schon der Pro-
zess einer bestimmten Stilbildung seinen Anfang genommen, die nun
von Bild zu Bild fortschreitet, zugleich mit einer fast täglichen Erweiterung des Wortschatzes und der Fähigkeit, ihn immer unbewusster
zu gebrauchen. Denn dieser weite, weite Weg musste gegangen werden: durch das klare und starke Bewusstwerden jeder Silbe hindurch
zum Wiedervergessen, d.h. zum unbewussten, naiven Gebrauchen der
erworbenen Werte. Es wäre gewiss schwer für Modersohn nach Jahren
so absichtsvoller Arbeit, jene unbewussten Wege wiederzufinden, auf
denen seiner Kunst (wie jede Dichtkunst) das Tiefste kommen muss.
Vielen sind sie zugewachsen, während sie an der Natur hingen. Bei ihm
aber kam von da, an jedem Abend fast, die Lust zu kleinen Blättern,
zu Blättern, handgroß, die er, hingegeben an den Willen seines Stiftes,
zeichnete, ohne daran zu denken, dass er es tat. Jn diese Zeichnungen
strömte immerfort das Innerste, Intimste, das, was er in den Bildern
noch nicht zu sagen wagte; in einer aus Schwarz und Rot geflochtenen
Dämmerung lebt hier seine Welt, wie die Rose in der Knospe lebt, mit
angehaltenem Atem, dunkel und gedrängt. Diese Blätter sind, gleichsam über alle Worte weg, aus dem Geiste jener Sprache gemacht, nach
deren Besitz er rang und ringt. Wenn das andere ein redliches Gehen
war, sind sie ein Flug und Schuss nach demselben Ziel. Je vollkomme-
ner und naiver aber der Ausdruck in seinen Bildern wird, desto mehr
empfangen auch sie vom Geiste der Sprache, in der sie geschrieben
sind, desto mehr nähern sie sich dem Wesen jener Blätter, wie sich die
Menschen vielleicht, je reifer sie werden, immer mehr ihren Seelen
nähern, bis sie endlich, an einem Höhepunkte des Lebens, mit ihnen
eines werden. So gehen auch hier zwei Wege einer seltsamen, und man
kann sagen, selten schönen künstlerischen Entwicklung aufeinander
zu, um, vielleicht sehr bald, ineinander zu fließen. Erst wenn eine solche Vereinigung erfolgt sein wird, wird man diesen Dichtermaler ken-

nen, wie er jetzt schon im Dunkel jener kleinen Blätter, die sich nicht vervielfältigen lassen, lebt und wie seine besten Bilder ihn versprechen.

Die Zahl dieser Bilder ist sehr groß. Aber man tut ihnen ein Leides, wenn man sie beschreiben will. Dieser Adept des Abends hat wundervolle Dämmerungen gemalt, Dämmerungen die auf den Vliesen der Schafe zittern, Dämmerungen, die sich im Wasser spiegeln, tiefe, stille Dämmerungen um irgendeine einsame Gestalt. Mit ein wenig Weiß stellt er manchmal ein Mädchen in seine Mondaufgänge, und man sieht sie stehen und schimmern, wie man Regine sieht in der kleinen verwandten Landschaft von Theodor Storm:

> *Und webte auch auf jenen Matten*
> *Noch jene Mondesmärchenpracht,*
> *Und stünd' sie noch in Waldesschatten*
> *Inmitten jener Sommernacht;*
> *Und fänd' ich selber wie im Traume*
> *Den Weg zurück durch Moor und Feld,*
> *Sie schritte doch vom Waldessaume*
> *Niemals hinunter in die Welt.*

Und doch genügte es nicht, ihn den Maler der Dämmerung zu nennen. Es gibt Abende von ihm, die wie auf Mahagoni gemalt sind, und Morgen, voll Frühling und Frische, und schattige Tage mit weiten, sonnigen Fernen. Er hat es auch selbst einmal gesagt: „Das Kräftigste, Leuchtendste, Üppigste, wie das Zarteste, Lindeste, Feinste, – das Düstere, Tiefe, Satte, wie das Lichte, Heitere: Rauschen und Säuseln, Gold und Silber, Sammet und Seide, alles, alles liegt mir am Herzen.“

Und alles das, was ihm am Herzen liegt, enthält die rätselhafte Natur dieses Landes. Das Starke und das Stille hat Ausdrücke in ihr, für „Rauschen und Säuseln, Gold und Silber, Sammet und Seide“ gibt es viele unvergleichlich klingende Namen. Und die Worte, die für das Starke sind, lassen sich immer noch steigern und steigern, bis sie das Stärkste bedeuten, das man ertragen kann, und das was Stilles besagt, klingt, mit der Sordine genommen, stiller denn Stille. Kontraste sind da. Es kommen Zeiten in diesem Lande, wo die Winde nicht aufhören und so gewaltig sind, dass die Tage kaum Zeit haben zu sein; denn die Winde, die aus dem Westen gehen, reißen den Abend herbei, der unerwartet früh, wie ein Gewitter, über die Weiten stürzt. Und in der Nacht, wenn der Sturm zu Stürmen wird, die, so breit wie die Welt, über die Moore kommen, rollen, jagen und sich überschlagen, da können die in den Häusern meinen, das Meer sei wieder da und nehme sein altes Reich brausend in Besitz. Und daneben gibt es Tage und Nächte, wie sie manchmal zwischen Bergen sind, beinahe starr vor Reglosigkeit, mit aufrecht stehender Luft und Wassern, ruhiger als Spiegel. Oder man geht über die Heide hin, die sich bunt und brach stundenweit auszudehnen scheint, von gebückten Bäumen unterbrochen, deren Dasein in einsamer Vergessenheit vergeht. Und plötzlich heben, wie die Strophen eines Gedichts, Parkwege an, rhythmisch angelegt und mit einer gewissen graziösen Müßigkeit Halbkreise beschreibend zu dem nächsten Platze hin, statt gerade auf ihn zuzugehen.

Man entdeckt Spuren einer vergangenen Gartenkunst an den Hecken, wie die Leute, welche in ihrer Jugend bei Hofe verkehrten, einen halbvergessenen Anstand zur Schau tragen, dessen sie sich gerne erinnern, man findet Stellen, wo einmal zierliche Brücken über ungefährliche Bäche ihren Sprung ausführten und entlegene Orte, an welchen Altane gestanden haben mögen, verschwiegen, und von scheinbar absichtslosen Pfaden leise aufgespürt.

Oder es tut sich hinter einem Haus mit einem Mal unvermutet eine Weite auf, in der, groß und geräumig wie sie ist, Häuser und Bäume und Baumgruppen mit Verschwendung verteilt sind, so dass man dieser Ebene, deren Wege so endlos sind, keinen Namen zu geben wagt. Zeit und Zufall scheint von ihr abgetan und man glaubt die Länder der Erde zu sehen und den Schatten Gott-Vaters über stillen, weithin weidenden Herden.

Es ist nichts unmöglich in diesem Land. Und auch das Unwahrscheinliche empfängt von der Fülle der Himmel die Gegenständlichkeit und Wahrhaftigkeit wirklicher Dinge. Diese Himmel enden mit jenem Kreis, an dem die Gestirne sich halten und die Regen, ehe sie niederfallen; aber sie beginnen hier, unter uns. Sie ruhen auf jedem Blatt, sie liegen auf den Haaren und in den Händen der Kinder, sie stützen sich nachdenklich auf alle Dinge.

So Mächtiges – Worte für fast Unsagbares – enthält dieses Land, die Sprache Otto Modersohns. Und es ist zu sehen, dass er sie immer mehr als Dichter gebraucht. Schon kennt er sie so genau, dass er zu wählen weiß unter ihren Werten; immer mehr strebt er danach, nur das Wichtige zu geben, das Große, das Tiefnotwendige. Dichtung ist Auswahl. Und wenn alles Wichtige da ist, dann bindet eines das andere mit der magnetischen Kraft der Massen und es fügt sich von selbst, d.h. nach seinen eigenen Gesetzen zu einer einheitlichen, nirgends offenen Form. Diese organisch erwachsene Form bringt zwei Wirkungen mit sich: Stille und Intimität nach innen, und nach außen hin jene volle dekorative Deutlichkeit, die das Bild zum echten Bilde macht. Das

dekorative Element rechnet aber nicht nur mit der Form, es bedarf vor
allem der Farbe. Wie breit dieser Maler das Wesen der Farbe fasst, ist
schon geschildert worden. Was der Rembrandt-Deutsche gesagt hat,
erkennt er an. Auch ihm gilt Huhn, Hering und Apfel für koloristischer
als Papagei, Goldfisch und Orange. Aber es liegt für ihn keine Beschränkung darin, nur ein Unterschied. Nicht das Südliche will er malen, das
seine Farbigkeit immer im Munde führt und mit ihr prahlt. Dinge, die
innerlich voller Farbe sind, das, was er mit einem unübertrefflichen
Worte „die geheimnisvolle Farbenandacht des Nordens" nennt, hält er
für seine Aufgabe. Man wird diese Aufgabe noch schätzen lernen und
den nicht übersehen können, der sein Leben daran gesetzt hat, sie zu
lösen. Es ist ein stiller, tiefer Mensch, der seine eigenen Märchen hat,
seine eigene, deutsche, nordische Welt.

Die große Gefahr der deutschen Malerei war immer, dass ihr die sinnliche Romantik in die Quere kam, die unserem Volk im Blute steckt. Es
hilft nichts: Malerei ist von Anfang und zu Ende die Kunst des sinnlichen Ausdrucks für farbige Erscheinungen, und das Leben der Farbe
in seiner Mannigfaltigkeit und seinem ewigen Wechsel, seinen Verän-
derungen und immer neuen Überraschungen ist ihr Gebiet. Dass es
daneben noch andere Dinge gibt, die bei ihren Schicksalen mitreden,
wer wollte es leugnen? Es gibt nicht nur die beiden Augen, die in unserem Kopfe sitzen zwischen Stirn und Nase, und die sich in der Welt des
Sichtbaren und Lebendigen umsehen; es gibt auch Augen in unserem
Gehirn und unserem Herzen, die sich aus den Erfahrungen der Wirklichkeit und des Lebens Traumbilder, Visionen zusammensetzen, um
das tiefste Empfinden ihrer Besitzer auszudrücken. Den Künstlern, die
sich von dieser Sehnsucht leiten lassen, ihr Fühlen und Ahnen in der
Form gemalter Bilder auszudrücken, kommt es im Grunde gar nicht auf
das Thema an, das sie gerade behandeln. Sie wollen nur sich mitteilen;
ausströmen lassen, was in ihnen gärt und ein Ventil sucht; dem ungeheuren Schwall der Empfindungen, dem sie zu erliegen drohen, einen
Weg öffnen, um nicht zu ersticken. Und nun kommt die große Gefahr:
dass diese Tendenz in Widerstreit gerät mit den Mitteln der Kunst, in
die sie ihre natürliche Begabung führte; dass gleichsam das Dichteri-
sche und das Sinnliche von verschiedenen Seiten her an ihnen zerrt
und sie fast zu zerreißen droht. Da heißt's den Weg der Mitte finden,
sich unaufhörlich in strenger Zucht halten, ohn' Unterlaß die eigene
Tätigkeit und Fähigkeit kontrollieren, kritisch prüfen und regulieren.
Der Phantasie nicht zu rauben, was sie sucht und verlangen kann; aber

nur ja auch das Auge nicht zu betrügen um seine gerechten, unabweisbaren Forderungen, auf der Lauer zu sein und immer argwöhnisch zu vergleichen, ob auch das strenge Gleichgewicht beibehalten ist, dessen Verlust sofort die Arbeit schädigt.

Wir haben ein Musterbeispiel für die Art, wie hier der Gewissenhafte vorzugehen hat, an Fritz von Uhde. Er begann mit Freiluft- und Pleinairstudien in Holland, wohin ihm Liebermann den Weg gewiesen hatte, und wo er sich zu einem Führer der jüngeren Generation von 1880 und 1890 entwickelte. Dann bog er ab zu seinen wunderbaren Bildern eines sozialen und modernen Christentums, die seinem Namen vorab Liebe, Vertrauen, Begeisterung und historische Geltung eingebracht haben. Aber der Erfolg verleitete ihn nicht, die strenge Selbstzucht aufzugeben, die er sich angeeignet hatte. Nicht einen Augenblick versäumte er, neben den biblischen Schilderungen nach Motiven des Alten und des Neuen Testaments seine malerische Kraft zu üben und zu erproben; an den einfachsten Vorwürfen nachzuprüfen ob ihm auch Luft und Farbe noch ihre rein malerischen Geheimnisse anvertrauten; zu revidieren, ob ihm auch Pinsel und Palette bei inhaltlich gleichgültigen Themen den Dienst nicht aufsagten.

Wenn wir die jüngsten Bilder Otto Modersohns betrachten, machen wir eine ähnliche Erfahrung. Bei ihm drängt alles auf ein lyrisches Erfassen der Natur. Ein Mensch der feinsten Nerven und der wachsten Sinne nimmt die Eindrücke auf, die ringsum auf ihn einstürmen, und verarbeitet sie in seinem leidenschaftlich erregten Geist, der alles, was von außen kommt, im tiefsten Grunde umformt und persönlich gestaltet. Dem Äußeren nach sehen sich Bilder Overbecks und Modersohns sehr ähnlich. Die Stoffwelt ist die gleiche, die Ausschnitte unterscheiden sich oft überhaupt nicht voneinander. Aber welch ein Unterschied in der Behandlung. Bei Overbeck ist alles ein Dienen vor der Natur, ein starkes Gefühl für das Wirkliche, Seiende. Bei Modersohn ist es ein Beherrschen der Natur, deren Bilder eingesogen und verarbeitet werden. Jede Skizze seiner Hand zeigt den Träumer, den „Sinnierer“, wie Gottfried Keller sagte, der das Wirkliche nur benutzt, um sich auszusprechen, wie der Klavierspieler die ihm fertig gelieferten Töne des Instruments braucht, um daraus Akkorde und Harmonien zu bilden, in die er sein innerstes Gefühl ausströmen lassen kann. Die Farben quellen, die Lichter rieseln, das Fluidum der Luft weht hin und her, alles entspricht der Wirklichkeit und ist doch nicht Wirklichkeit, ist tiefstes, persönlichstes Bekenntnis. Es ist ein seltsames Klingen in diesen Bildern. Ferne Jugendträume tauchen auf, mit traurigem Antlitz, schweben vor uns und starren uns fast gespenstisch an. Wir fragen uns: wann hast du dergleichen schon gesehen? War es, als du zuerst in die Welt zogst, ihre Schönheiten und Schauer zuerst kennen lerntest? Oder als du einst mit wachen Augen in einer schlaflosen Nacht ins Dunkel blicktest? Weiche Melodien werden angeschlagen, die uns ergreifen und rühren. Alles blüht und strahlt in Fruchtbarkeit, Farbe und Schönheit, und es scheint doch ein melancholisches Lied auf die Vergänglichkeit des Irdischen zu sein, was wir hören. Eine Trauer, ein banger Ernst geht durch Modersohns Gemälde; etwas wie Orgelklang

Es war kein Wunder, dass dieser Künstler mehr als seine drei Genossen Mackensen, Overbeck und Hans am Ende sich dem Poeten und Märchendichter der Gruppe Heinrich Vogeler, näherte. Die Stimmungspoesie Modersohns musste dahin führen, für die Seele der Landschaft, die er beschwor, auch greifbare Personifikationen zu schaffen, das durch die Selbstherrlichkeit seiner Phantasie umgewandelte, umgedeutete Land mit Geschöpfen zu bevölkern, die darin zu Hause sind und zugleich sein neues Wesen nun in sich symbolisch spiegeln.

Aber Modersohn kannte die Grenze, die es zu respektieren galt. Ehe es zu spät war, hielt er aufs neue eine Parade seiner künstlerischen Mittel ab, um sie kriegstüchtig zu erhalten. Und mehr als je vorher, hielt er sich nun, ein ehrlicher Selbsterzieher, an die Natur. Die „Häuser am Bach", die hier als farbiges Blatt erscheinen, unterscheiden sich sehr wesentlich von ähnlichen Arbeiten früherer Zeit. Diesmal ist nichts von den bleichen Molltönen, die der Künstler sonst so sehr liebt, von den verschwimmenden, gedämpften Farben, den weichen Linien und Umrissen. Das Schlafwandlerhafte, das oft für Modersohn charakteristisch ist, fehlt. Alles ist feste Klarheit, Bestimmtheit; eine freie Heiterkeit und Farbenlust, leuchtende Kontraste und einfache Wahrheit. Ein Sommertag glüht auf, mit allen Lichtern und Schatten, die seine Helligkeit erzeugt, mit aller gesunden Fruchtbarkeit, die uns entgegenduftet. Das Wasser ist kein Märchenteich, sondern ein Dorfteich. In den Häusern wohnen weder Elfen noch verwunschene Prinzessinnen noch die Knusperhexe, sondern niederdeutsche Bauern.

Die beiden Kinder, die auf der Wiese stehen, sind nicht Hänsel und Gretel oder verzauberte Wesen, sondern – Farbenflecke! Ihr Rot und Blau soll lustig im Grünen blinken und zugleich mit dem Rot der Ziegelmauern und -dächer und mit dem Blau des Himmels selbst und seines Abbildes im Wasser zusammenklingen. Voll und warm weht die Sommerluft durch die Kronen der Bäume und über die saftige Wiese. Hoch ziehen sich die verlängerten Vertikalen der Bäume und ihrer Spiegelungen vom unteren zum oberen Bildrand hinauf und gliedern die Bildfläche, indem sie die Raumwirkung zugleich erhöhen.

Nicht anders der „Garten im Sommer". Auch hier alles ein reicher, reifer, voller Klang. Eine breite Pinselführung trocknet die Farbenschichten, geht fast vom Dekorativen zum Impressionistischen über. Das ist die Landschaftskunst, die das neunzehnte Jahrhundert sich schuf, als es die Landschaftsmalerei der Holländer des siebzehnten mit einem beweglicheren Farbensinn fortführte und weiterentwickelte.

Man könnte an Hobbema denken, wenn nicht die (auch in der Schwarzweiß-Reproduktion zum Ausdruck gelangende) Helligkeit des Lichtes die moderne Herkunft des Bildes bewiese. Noch bezeichnender für den Ernst, mit dem Modersohn diese Naturstudien treibt, mit dem er sich zur Ruhe und Objektivität zwingt, ist das Bild „Nach dem Regen". Denn hier hätte noch mehr Anlaß vorgelegen, die charakteristischen weichen, versonnenen Modersohn-Farben hervorzusuchen. Statt dessen sehen wir feste Striche, eine sehr energische Zeichnung, die mit Vergnügen in den breiten, schwarzen und grauen Flächen schwelgt, welche die Wände und Balken dieser Katen ergeben. Der Wechsel heller und beschatteter Partien ist hier die Hauptsache; er wird kräftig und herb vorgeführt. Die Regenstimmung weicht nach wohlerwogenem Plane allen poetischen Sentiments aus und hält sich lediglich an die Natur, die interessant genug ist, um ohne alle Nebenabsichten wiedergegeben zu werden. Selbst das Kirchhofsbild bleibt in diesem Kreise.

Alter Friedhof.

Garten im Sommer.

Nach dem Regen.

Welch ein Motiv für einen Maler, der im Abschildern der Natur gern Empfindungs-, gelegentlich auch Gedanken-Assoziationen mitschwingen lässt! Ganz lässt sich das nicht unterdrücken. Die absichtlich geschlossene Form der zypressenartigen Pappeln, die gedrängten Grabsteine deuten den Weg, den Modersohn hätte gehen können, wenn er das Schwergewicht dieser Arbeit auf die Stimmungsfaktoren hätte legen wollen.

Er hat es nicht getan, sondern sich mit Energie zurückgehalten, um dem Auge, der Wirklichkeit gerecht zu werden. Was hier an Stimmung liegt, ruht in dem Ausschnitt selbst und braucht nicht hineingedichtet zu werden. Und auch hier bewährt sich der Maler als der unaufhörlich Studierende, an sich Arbeitende.

Dennoch bleibt Modersohns eigne Art auch in diesen Studien der Selbstzucht klar erkennbar. Wir fühlen das Wesen eines Mannes, der mit allen Fasern sich mit der Natur verwachsen fühlt; der nicht leben könnte ohne die unaufhörliche innige Berührung mit den Revieren der Bäume, der Wiesen, der stillen Wasserflächen; in dem alle Träume und alle Sehnsucht sofort die Gestalt einer Landschaftsvision annehmen. Eines Malers, der immer den Blick auf die Gesamtheit des Naturausschnitts gerichtet hält, den er gewählt hat. Das Detail ist ihm nichts; selbst in den Bildern, in denen er menschliche oder märchenhafte Gestalten zu Hilfe nimmt, um den Stimmungsgehalt in ihnen besonders deutlich aufzuzeichnen, gehen die Einzelheiten durchaus in der Komposition und im Farbenklang des Ganzen auf. Vor allem die farbigen Harmonien der Wirklichkeit zu studieren, ist sein heißes Bemühen, um aus diesem Arsenal von Erfahrungen seine höchst persönlichen koloristischen Phantasien zu gestalten. Kästen und Vitrinen mit Schmetterlingen und ausgestopften Vögeln stehen in Modersohns Atelier, um dem Auge den unerschöpflichen Reichtum der Natur in immer neuen Nuancen und Farbenzusammenstellungen ohn' Unterlaß vorzuhalten. Aber auch die Eindrücke, die von solchen Ateliergenossen zu dem Malenden herüberströmen, werden stets in eigenartiger Weise verwertet. So stark der Einfluß Böcklins auf Modersohn gewesen ist: die radikale Betonung der Lokalfarben, die der Schweizer Meister immer rücksichtsloser durchsetzte, war niemals sein Fall. Man könnte sagen: das Element Corot, das in ihm steckte, hat hier stets ausgleichend gewirkt. So vielleicht kann man Modersohns persönlichen Anteil an der großen Vermittelungsmission der Worpsweder Kolonie formulieren.

Studie. 1893.

Mondaufgang im Moor. 1897.

Häuser am Bach.

Moorkanal. 1893.

101

Mädchen am Baum.

Studie. 1894.

Schützenfest in Worpswede.

Winterabend am Wenerberg. 1895.

Herbstmorgen am Moorkanal. 1895.

Märchenerzählerin.

Herbstlandschaft aus dem Teufelsmoor. 1896

Träumerei. 1896.

Sommer am Moorkanal. 1896.

Feierabend. Gemälde. 1896.

Abend in Worpswede. Zeichnung. 1898.

Im Moor. 1898.

Herbstwetter. 1899.

Unwetter. 1899.

Moorhütte. 1899.

Herbstabend.

Das Paradies.

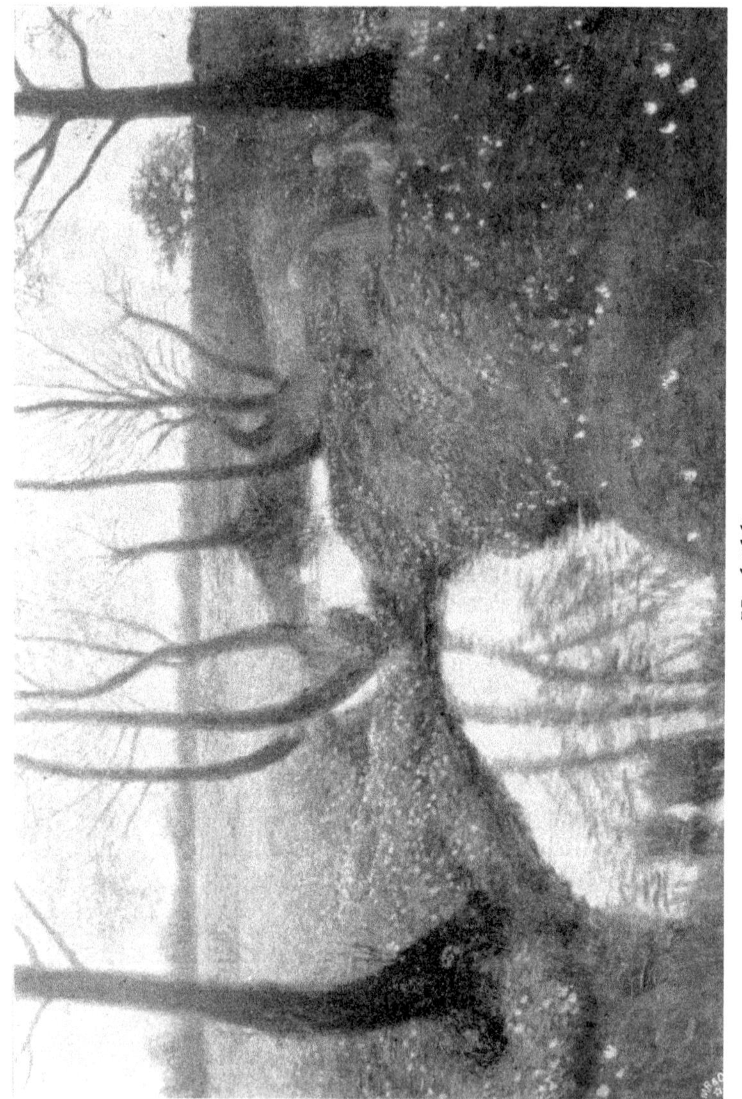

Vorfrühling.

Heimkehr.

Die Waldfrau. 1901.

Fritz Overbeck.

Fritz Overbeck

Die Zeit geht rasch. Als Modersohn und Mackensen im Herbst 1891 wieder einmal nach Düsseldorf und in den „Tartarus" kamen, da fanden sie lauter neue Leute und wenig bekannte Gesichter. Die Gäste aus Worpswede erregten Neugier und Staunen. Keiner von den jungen Leuten konnte sich denken, dass es möglich sei, auch im Winter in irgendeinem Dorf zu sitzen, einzuschneien und der Welt den Rücken zu drehen. Und einer, der sich besonders wunderte, kam auf Otto Modersohn zu und, da er, obwohl er schweigsam schien, zu reden pflegte, wenn die Zeit zum Reden gekommen war, fragte er ihn, wie es möglich sei.

„Worpswede? Das kenne ich wohl", sagte er, „ich bin Bremer." Und, einmal im Gange, fragte er weiter, wie es denn da auf dem Dorfe sei. Man konnte merken, er hatte nicht übel Lust es selbst zu erproben. Modersohn besah sich aufmerksam den breitschultrigen, bartlosen jungen Mann mit der schweren, gedrungenen Gestalt, der damals bei Jernberg arbeitete und dessen liebstes Wort „unbändige Naturkraft" war. Er lud ihn ein zu kommen. Und es dauerte nicht lange, dass er kam und blieb. Es war Fritz Overbeck.

Worpswede war auch für ihn das Ereignis. Anders als für Modersohn. Er hatte hier nicht die Sprache gefunden, in der er seine Seele sagen wollte. Er dachte gar nicht daran, sie zu sagen: er war kein Dichter. Es träumte irgendwo in ihm hinter einer dicken Schale von Schweigsamkeit und er brauchte ein Gegengewicht dafür in der Welt. Deshalb malte er, malte die Dinge nach seinem Ebenebilde, stark, breitschultrig und voll von einer schweren Schweigsamkeit. Und hier waren sie nun so oder vielleicht sah er sie so, jedenfalls kamen sie seinem Schauen entgegen, gingen auf ihn ein und ihre klangvollen Farben und die Behäbigkeit ihrer Formen und die Stille, mit der sie dastanden: alles das gab ihm das Gefühl von einer Wirklichkeit, die um ihn war, und eben das brauchte er: Wirklichkeit. Das war es, was ihn so stark anzog, wenn er Björnsons Bücher las. So dachte er sich das Leben, so meinte er es. Man kam irgendwo an, in einer kleinen, hellen Stadt, nicht weit vom Fjord, man trat ein und es waren Leute da, mit irgend etwas Einfachem, Vernünftigen beschäftigt, was man gleich begriff, es waren hellblonde Kinder da, die Butterbrot aßen und kleine Hunde, welche bellten und das war alles ganz in der Ordnung so. Man konnte sich niedersetzen unter diesen Leuten, eine Pfeife rauchen und durch eines der hellen Fenster hinaus in die Landschaft schauen. Man war nicht gezwungen, etwas zu sagen als höchstens guten Tag, war man aber gelaunt zu sprechen, so hatte auch das durchaus nichts Ungewöhnliches an sich, durchaus nicht. Alle fanden es ganz natürlich, freuten sich, sagten gelegentlich auch ein Wort, und es wurde Abend dabei, stiller, hoher, heller nordischer Abend, und die Glocke in der alten Kirche auf dem Hügel läutete fromm und feierlich, so dass alle merken konnten, dass es Abend war. Das sind nicht etwa Stimmungen, die Fritz Overbeck malt, aber wenn er malt, lebt er sie. Man denkt an die alten Holländer dabei, die vielleicht so gemalt haben, um des Gleichgewichtes willen.

Es ist auch eine von den Anpassungsmöglichkeiten an das Leben, deren es so viele gibt, glückliche und unglückliche, einfache und umständliche, stille und polternde. Fritz Overbeck malt, wie manche Leute Musik machen: sie spielen, und das Stück, das sie spielen, ist stark oder sanft, gewaltig oder erwartungsvoll; aber, obwohl sie es ganz meisterhaft spielen, sind sie selber nicht drin, sie spielen es, um irgendwo zu Hause zu sein, nicht in dem Liede, irgendwo, wo sie sind.

So malt er: nur dass seine Bilder das Gegenteil sind von Musik. Musik löst alles Vorhandene auf in Möglichkeiten und diese Möglichkeiten wachsen und wachsen und vertausendfältigen sich, bis die ganze Welt nichts ist, als eine leise schwingende Fülle, ein unabsehbares Meer von Möglichkeiten, von denen man keine einzige zu ergreifen braucht. Auf seinen Bildern aber setzt sich alles zur Wirklichkeit um, füllt sich, verdichtet sich. Sogar seine Himmel sind Tatsachen, an denen man nicht vorüber kann. Wenn er sie wolkenlos malt, dann ist es die kräftige Farbe, die sie stofflich macht, aber viel öfter stehen Wolken in ihnen, greifbar und groß, Wolkendörfer, eine Wolkenstadt. Auch seine Mondnächte sind so, voll eines Himmels, der zur Erde gehört, der schwer geworden ist und sich daran gewöhnt hat, mit den Dingen zu leben. Es ist eine große, rührende, kindliche Bejahung der Welt in dieser herzlichen, handfesten Malerei. Nirgends kann ein Zweifel aufkommen, es gibt nichts was ungewiss wäre, überall steht es in breiten Lettern: Est, est, est!

Man betrachte seine Radierungen. Eine der ältesten gleich mit der Brücke und der Mühle und dem Berg in der Ferne bestätigt, was hier zu sagen versucht worden ist. Ja sie weist sogar noch darüber hinaus. Sie spricht von der Kunst, die Massen im Raume zu verteilen; hier ist mit ihnen hantiert worden wie mit Dingen. Die einen sind gleichsam hineingestellt, andere hineingeschoben, und die Balken der Brücke

Die Mühle. Radierung.

scheinen vom Berge her an ihren Platz geschleudert worden zu sein. Das alles sitzt und man mag daran rütteln, es rührt sich nicht. Und die andere Brücke, genannt: „Stürmischer Tag". Hier scheint es gelungen, den Sturm selbst zu einem Dinge zu machen. Er füllt das ganze Blatt aus und Gräser, Büsche und Bäume scheinen nur seine Konturen zu sein. Die Birken aber, denen man ansieht, dass sie im Wehen gewachsen sind, zeugen von hundert Sturmtagen und Sturmnächten. Immer wieder findet man sie bei ihm, diese viel zu langen Birken mit den Bewegungen des Windes, dem sie nachgegeben haben und über den sie schließlich doch wieder hinausgewachsen sind in lautlos stehenden Sommertagen. Auch in ruhigen Morgen- und Mittagslandschaften, wenn die Wassergräben einen fröhlichen oder trägen Himmel wiederholen, winden sie sich manchmal hinauf, diese aufgeregten Birkenstämme, wie beunruhigt von ihrer Vergangenheit. Und sie scheinen dann durch ihren bizarren und eigensinnigen Kontrast die Stille ihrer versöhnten Umgebung noch zu vertiefen.

Es sind fast dieselben Motive, die Overbeck auf Radierungen und Bildern verwendet und durch seine Malerei wie durch seine Schwarzweißkunst geht das selbe Streben, wie ein breiter Strom: Einzelheiten in ihrer ganzen Pracht hinzustellen, ohne dadurch den Gesamtwert aufzuheben. So oder ähnlich hat er selbst früher einmal ausgesprochen, was er will. Und er setzt seinen Willen durch. Er hat seine Kunst damit ganz charakterisiert und man tut gut, jenen Satz als Maßstab zu gebrauchen vor seinen Bildern. Man wird gegen sie am gerechtesten sein, wenn man untersucht, inwieweit in ihnen die Absicht des Malers erreicht worden ist. Es ist zu sagen, dass er in vielen Radierungen und in einigen Bildern der Erfüllung sehr nahe gekommen ist. In den Bildern kommt die Farbe hinzu, welche fähig ist, dem Bestreben, Einzelheiten in ihrer ganzen Pracht zu erfassen, sehr zu helfen; aber durch sie wird zugleich die Aufgabe erschwert, über die Einheitlichkeit des Ganzen an keiner Stelle hinauszugehen. Es ist nicht leicht, erhobene Stimmen in gleicher Stärke zu erhalten, und die Freude am einzelnen ist immer eine Gefahr für den Zusammenhang.

Seltsamerweise sind die Bilder Overbecks, obwohl ihre Farben mit erhobenen Stimmen verglichen werden konnten, von einer eigentümlichen Schweigsamkeit durchdrungen, die kein Laut unterbricht. Es ist schwer zu entscheiden, ob die Farbenstimmen sich gegenseitig aufheben, wie es manchmal mit den Geräuschen des Meeres der Fall ist, die man nicht mehr hört und als die Fülle eines unermesslichen Schweigens zu empfinden geneigt ist, oder ob dieses Gefühl irgend-

Stürmischer Tag. Radierung.

wie inhaltlich begründet ist und durch den Umstand hervorgerufen wird, dass auf Overbecks Bildern fast nie eine Figur erscheint. Wo eine einmal vorkommt, ist sie so unwichtig, auch räumlich meistens so wenig dringend bedingt, dass man sie ruhig zudecken kann, ohne dem Wesen des Bildes auch nur im entferntesten Zwang anzutun. Aber seine Landschaften, wenn sie auch ohne Gestalten sind, machen doch nicht den Eindruck der Einsamkeit. Die Mondnächte und Sonnenuntergänge liegen vor einem offen da, als wäre man eben aus der Stube, wo liebe, nahe Menschen um ein Feuer beisammen sitzen, herausgetreten. Wohl rührt sich draußen nicht ein Blatt am Baum und es ist, soweit man sieht, niemand zu sehen, nicht einmal ein Hund schlägt an in der Nachbarschaft, aber man ist doch, während man da hinausblickt, ganz erfüllt und gleichsam durchwärmt von dem Bewusstsein jener nahen, stillen Stube, in die man jeden Augenblick zurückkehren kann. Und die großen, leuchtenden Tage, die er malt, sind lauter Sonntage und die Leute sind dann alle zu Hause oder in der Kirche und ruhen aus vom langen Wochenwerk. Die Blicke feiernder Menschen scheinen auf dieser weiten, kräftigen Natur zu ruhen und aus ihr herauszustrahlen.

Und wie diese farbigen Klänge, die er so liebt, nordisch sind, so ist auch die Schwermut nordisch, die manchmal aufkommt, wo Bäume und Brücken wie von den Schatten unsichtbarer Dinge verdunkelt sind. Es ist jene Schwermut, die manchmal in der Nähe des Meeres herrscht, an sturmstillen Tagen, wenn die Möwen nach Regen schreien. Vielleicht würde dieser Maler auch das Meer malen können und die Berge. Seine Wasserläufe sind breit und schimmernd wie jenes Wasser, nahe bei Bergen, von dem es bei Björnson einmal heißt, „daß man nicht wußte, ob es ein Binnensee war, oder ein Arm des Meeres". Dort lautet es weiter: „Und dann diese Berge selbst! Kein einzelner Berg war es, sondern Ketten von Bergen, ein Rücken sich stets gewaltiger hinter dem anderen erhebend, als wäre hier die Grenze der bewohnten Welt." Kann man sich nicht denken, dass Overbeck das gemalt hätte? Ich weiß nicht zu sagen, ob er das Meer einmal gesehen hat und wo es war, aber er hat jedenfalls als Knabe viel von ihm gehört.

In Bremen, im Bureau seines Vaters (der technischer Direktor des Norddeutschen Lloyd war), waren die Wände mit Schiffsmodellen, Plänen und Zeichnungen bedeckt und es wurde fast immer vom Meere gesprochen in diesem geheimnisvollen Raum, von Schiffen, die unterwegs waren, von Schiffen, die heimkehrten und anderen, die sich anschickten, den Hafen zu verlassen. Und später noch, als der Vater, der dem Jungen immer die bunten Bleistifte spitzte, schon gestorben war, da saß er noch oft und baute Maschinen aus Zigarrenkistenholz und zimmerte Schiffe, Schiffe, die unterwegs waren, Schiffe, die heimkehrten und solche, die sich anschickten, den Hafen zu verlassen. Und weil der Vater, an den man immer dabei denken musste, tot war, so lag eine gewisse Traurigkeit über diesem Tun, vielleicht dieselbe Traurigkeit, die über dem wirklichen Meere liegt, wenn man auf einem Schiffe steht und Abschied winkt oder auch gar niemanden hat, dem man Abschied winken kann und einfach so hinausfahren muss in die weite, ach so weite Welt. Wie oft mag der Knabe in der Bahnhofstraße jenen Auswanderern begegnet sein, der Bevölkerung jener unbarmherzigen Schiffe – die, noch betäubt von einer endlosen Eisenbahnfahrt, herausgerissen aus allem, in der fremden Stadt jeden Augenblick stehen bleiben und mit stumpfem Ausdruck zurückschauen, als erwarteten sie, gerufen zu werden. Dann dachte der Junge wohl manchmal, wenn er die Leute zählte und fand, dass es sehr viele waren, dass jetzt irgendwo weit in jener Richtung, aus der sie kamen, ganze Dörfer leer stehen mussten und er sah die verlassenen, kalten Häuser und die lautlosen, seltsam verstörten Gassen, und das war alles immer wieder voll von einer beunruhigenden Traurigkeit und so, als ob man etwas machen müsste, dass es anders würde. Anders war es in dem Leben der Pflanzen und der kleinen Tiere. Da schien es so beängstigende Dinge nicht zu geben. Diese Eidechsen, Käfer, Frösche und Schlangen waren ganz zufrieden, sie bewegten sich eilig oder träge, sprangen oder schlichen am Boden entlang, schnappten etwas auf und lagen dann stundenlang mit atmenden Flanken in der Sonne, und damit ging ihr Leben hin, das nichts Unerwartetes oder Böses zu enthalten schien. Aber auch nur solange sie lebten, waren sie interessant, aufgespießt oder in Spiritus gesteckt, verloren sie alle Wirklichkeit und wurden mit einemmal abstoßend oder langweilig.

Mit solchen Ansichten Naturforscher zu werden, war natürlich ausgeschlossen. Auch reichte weder dafür noch für das Ingenieurfach die mathematische Begabung aus und es blieb nichts übrig als zu den schönen bunten Bleistiften zurückzukehren, die ja schließlich auch die älteste von allen Liebhabereien waren.

So ungefähr sechzehn Jahre mochte der junge Overbeck gewesen sein, als er anfing draußen vor der Natur zu zeichnen und zu malen. Wie wenig ernst seine Mutter übrigens damals seinen Plan, Maler zu werden, noch nahm, beweist der Umstand, dass sie ihm bei einer Dame Unterricht geben ließ, wo der schweigsame junge Mensch unter lauter ähnlich beschäftigten Backfischen eine äußerst merkwürdige Rolle spielte. Inzwischen absolvierte er langsam das Gymnasium und setzte den aufgeregten Bemühungen, die man machte, ihn von der unseligen Idee mit der Malerei abzubringen, nichts als seinen breiten Rücken entgegen, was ihm auch schließlich nach Düsseldorf verhalf. Die Akademie bildete damals natürlich den Inbegriff alles Heils für ihn, aber er vergaß, wenn er das später einmal erzählte, niemals hinzuzusetzen: „Jetzt aber nicht mehr."

Seine Ausdrucksweise hat, wie man sieht, etwas ungemein Überzeugendes und Klares, und diesem alle Welt von Worpswede wissen wollte und kein Mensch imstande war, etwas davon zu erzählen, selbst zur Feder gegriffen hat, um in der „Kunst für Alle" von seiner und seiner Freunde Wahlheimat sachgemäß zu berichten. Was er damals geschrieben hat, ist seither oft und oft zitiert worden, aber man wird sich vielleicht trotzdem freuen, einige seiner schlichten Worte, die am besten zeigen können, wie dieser Maler sein Land sieht, hier wiederzuerkennen.

„Ein Hauch leiser Schwermut liegt ausgebreitet über der Landschaft. Ernst und schweigend umgeben weite Moore und sumpfige Wiesenpläne das Dorf, das, als suche es einen Zufluchtsort gegen unbekannte Schrecknisse, sich an dem steilen Hänge einer alten Düne, dem Weyerberge, zusammendrängt. Wirr und regellos durcheinander zerstreut liegen Häuser und Hütten, beschirmt von schwerlastenden, moosüberkleideten Strohdächern und knorrigen Eichen, an deren weitausladenden Wipfeln sich machtlos die Stürme brechen. Über dem Dorfe wölbt sich der ‚Berg‘, zerklüftet von zahlreichen Rinnsalen, die das abfließende Regenwasser sich ausgewaschen, gekrönt mit einem verkümmerten Eichenbuschwald. In dessen Mitte erhebt sich auf freiem, mit alten Föhren umgebenen Platze ein Obelisk, zum Gedächtnisse Findorfs, des Mannes, der im Anfange dieses Jahrhunderts die Gegend urbar gemacht, das Moor entwässert und dem Verkehr erschlossen hat.

Aus wuchtigen Granitquadern aufgeschichtet, ragt das Monument in seltsamer Feierlichkeit gen Himmel. Von der einsamen Höhe schweift weithin der Blick ins Land hinaus, über Moor und Heide, Felder und Wiesen. Dunkle Eichenkämpe, die in ihrem Schatten spärliche Gehöfte der Bauern bergen, unterbrechen hin und wieder die Monotonie der großen Ebene. Wasserläufe blitzen auf und der Spiegel der schlangengleich gewundenen Hamme, darauf in stiller, geheimnisvoller Fahrt schwarze Segel durchs Land ziehen. Darüber spannt sich der Himmel aus, der Worpsweder Himmel…"

Es liegt etwas von der monochromen, schattigen Tonigkeit seiner radierten Blätter in dieser einfachen Darstellung, etwas Dunkles und Helles, etwas Massiges, als wäre alles bei Einbruch der Nacht gesehen.

Die Farbigkeit Worpswedes aber – soweit sie in Worten ausgedrückt werden kann – hat niemand überzeugender beschrieben, als Richard Muther in seiner glänzenden impressionistischen Technik. Im Herbst 1901 fuhren wir nach Worpswede, an einem früh dämmernden, aber trotzdem stark farbigen Tage, wie es deren in diesem Lande, besonders im Oktober und November, viele gibt.

Muther erzählt im „Tag" davon.

„Eine Fahrt nach Worpswede ist eine Staroperation: als schwinde plötzlich ein grauer Schleier, der sich zwischen die Dinge und uns gebreitet. Gleich wenn man der Zweigbahn entstiegen ist, die von Bremen nach Lilienthal führt, beginnt ein seltsames Flimmern und Leuchten. Haben diese Bauern einen Farbendämon im Leib? Oder ist's nur die Luft, die weiche, feuchtigkeitdurchsättigte Luft, die alles so farbig macht, so tonig und strahlend? Ich blicke auf die blauen Zügel, die mein Kutscher hält. Sie phosphoreszieren und flirren. Ich blicke auf die baumwollenen Handschuhe, auf das tiefrote Brusttuch eines Bauernpaares, das ganz fern auf der Landstraße daherkommt – sie leuchten und strahlen wie von innerem Feuer durchglüht. Da steht ein Arbeiter in hellblauem Kittel neben einem perlgrauen Birkenstamm. Dort hängt an einer Leine ein roter Unterrock, und er sprüht Farbe wie Purpur. Dort ist eine Bauernhütte, blutig rot gestrichen, ähnlich denen, die es in Norwegen gibt. Doch während dort in der dünnen, durchsichtigen Luft alles klar sich abzeichnet, wird es in Worpswede zur Tonsymphonie: Diese rote Mauer mit dem saftigen Efeu, dieses hohe, fast bis zum Boden reichende Strohdach, worüber feuchtgrünes Moos sich wie ein Teppich breitet. O dieses Moos in Worpswede! Alle Dinge überspinnt es: nicht nur die Stämme der Bäume, auch das Gebälk der Häuser, die Ziegeln der Backöfen und das Holz der Zäune. Da schillert es zitronengelb, dort grüngelb, dort bläulichgrün, die ganze Natur in eine Farbenvision verwandelnd..."

Die jüngsten Gemälde Overbecks führen aus dem Worpsweder Moorlande nordwärts und südwärts in fremde Gebiete: an die Nordsee und ins Hochgebirge. Die Küstenlandschaft an der Waterkant stellt gleichsam, wenn man diese Bezeichnung wagen darf, die Konsequenz der Landschaft am Weyerberge dar. Dort ist alles Vorbereitung an das Meer, und Erinnerung an das Meer. Alte Dünenhügel, die vor Jahrtausenden von der Salzflut bespült wurden, sprechen eine nicht misszuverstehende Sprache. Die Flüsse und Bäche, Teiche und Tümpel erscheinen wie versprengte Überbleibsel einstiger Wassermassen.

Das weite Moorland mit seinen spärlich bewachsenen Heidestrichen mutet wie ausgetrockneter Strandboden an. Das Land hat seine Vergangenheit, und es ist, als dächte es ihrer in versonnener Schwermut. Dem Künstler, der von hier seine Studienfahrt zur nahen Küste ausdehnt, wird sich das Bild einer dramatischen Entwicklung bieten. Er beobachtet, wie sich jene Schwermut langsam löst und befreit, wie die Gebundenheit, Schwere und Melancholie der Stimmung schwindet, wie die Schweigsamkeit sich in brausende Leidenschaft wandelt. Neue Linien und Formen tauchen nun auf. Die lebendige Düne, die noch „im Dienst" ist und die Ebene gegen die vordrängende Flut schützt, hat andere Konturen als die ausgediente, die nur noch ein Binnenhügel ist wie andere. Das Wogen und die Unruhe der Meereswellen klingt im Rhythmus ihrer Sandmassen wieder. Auch hier deckt dünnes Heidegras den Boden; aber ganz andere Winde fahren durch seine Strähnen. Von Nordwesten zieht der Sturm herbei, treibt die Wolken zu Paaren, fegt durch die Einschnitte der Dünenwehr ins Land hinein, reinigt die Luft von Staub und Dünsten, lässt alle Dinge fester, klarer, greifbarer erscheinen.

Wenn Mackensen der Millet der Worpsweder ist, so ist Overbeck ihr Dupré, der vor allem das Spiel der Luftphänomene, die wechselnden Erscheinungen des Atmosphärischen studiert und sein Auge von der Erde am liebsten zum Himmel hebt, um dessen immer neue, immer unbegreiflichere Wunder in sich aufzunehmen; der namentlich dann das Fieber des Schaffenden fühlt, wenn die Elemente in Aufruhr geraten und die Windsbraut ächzend und wimmernd an Baumkronen und Dächern rüttelt. Overbecks Worpsweder Ausschnitte gönnen dem Himmel mehr Raum als die seiner Genossen. Auf Gemälden und Radierungen wird ein Wolkenepos vorgetragen. Jetzt ballen sich Regen- und Gewitterschichten zusammen, verfinstern das Land, hängen drohend über der Ebene und ihren Dörfern, während unten der Sturm die Weiden und Birken zaust und zur Seite biegt.

Jetzt wieder hat sich die Dunkelheit verzogen, grollend wälzt sie sich im Hintergrunde ins Nachbarland, wie ein erzürnter Riese, der sich abwendet und, noch einmal umkehrend, die Faust ballt; über uns aber wölbt sich schon wieder die weite, lichte Glocke des Himmels. Oder es ist Abend, die ersten Schatten der Nacht kriechen herauf und hüllen die Gegend in ihre düsteren Tücher, während am Horizont aus zerrissenen Wolkenfetzen die Sonne zum Abschied einen blutroten Gruß schickt.

An der Küste stieß Overbeck auf zahllose neue Variationen dieses Lieblingsthemas. Weit rascher, phantastischer und reicher noch als

in der niederdeutschen Tiefebene ist hier der Wechsel der Himmel-
serscheinungen. Die Luft des Meeres aber bot ihm ein ganz neues
malerisches Objekt, das er mit Feuereifer nun von allen Seiten zu
erforschen und zu bezwingen begann. Zugleich reizten ihn die ungewohnten Motive der Landschaftsstimmung und der Bodengestaltung
Das Bild der „Dämmerung", das wir in einer sehr gut gelungenen farbigen Wiedergabe bringen, zeigt alle diese Züge vereint. Prachtvoll wirkt
der Dreiklang, auf dem die Schilderung aufgebaut ist: das Grün des
Dünengrases, das Braun der Sandmassen, das Graublau des bewölk-
ten Himmels. Wie meist bei Overbeck ist die Komposition auch hier
durch horizontal gelagerte Linien bestimmt, die jenen Eindruck des
Ernstes und der Schwere mit sich bringen, den er liebt.

Dämmerung.

Sie wirken um so stärker, da sie die kleine Vertikale des fernen Leucht-
turms verdeutlicht, dessen grell aufglimmende Laterne dem Auge
wiederum in den Mollakkorden der ringsum wogenden gedämpften
Farben einen festen Halt gibt. Und mit dem malerischen Beruf dieses

Leuchttürmchens verbindet sich sein sachlicher: er orientiert uns über die Situation und erklärt dadurch die Transparenz und Reinheit der Luft, in der die schweren grauen Wolken so leicht dahinschweben.

Zwei andere Bilder führen uns dann über die Dünenhügel direkt an den Strand. Overbeck präsentiert sich darin von einer ganz neuen Seite. Der Bremer, der durch seine Heimat und besonders noch durch den Beruf des Vaters von früher Zeit her enge Beziehungen zum Meere hatte, zeigt, wie vertraut ihm Farbe und Bewegung des Wassers ist. Mit sicherem Griff fasst er die charakteristischen, langhin sich rollenden Nordseewellen, das unaufhaltsame Anrücken der Flut, den tanzenden Schaum, der weißlich aus dem schillernden Grün aufleuchtet, die breiten, gierig über den Sand leckenden Wasserzungen, das ewig Unruhige, ewig Lebendige, niemals Rastende, niemals Schweigende des ungeheuren Spiegels, das in so radikalem Gegensatz zu der unheimlichen Ruhe, zu der gleichsam verstockten Verschwiegenheit der Worpsweder Gegend steht. Nicht minder das Anbrausen und Aufschäumen der Wogen, die gegen die Pfähle des Dammes prallen, dessen Masse sich nach einem sehr geschickten zeichnerischen Plan als dunkler breiter Streifen in das Wasser hineinzieht, während links vorn ein paar dunkle Steine die Willkür der fast japanisch anmutenden Asymmetrie in der Anordnung dieses Motivs, wie es sich für ein Ölgemälde schickt, mildern.

Nicht minder war das Hochgebirge für Overbeck Neuland. Und hier ist es vor allem der Reichtum an andersartigen Formen und Linien, der ihn lockte. Die Luft ist zwar auch hier anders als in Worpswede. Sie ist reiner, klarer, weniger von Nebeln durchzogen und von feuchten Körperchen beschwert. Aber sie bietet nicht die Mannigfaltigkeit und Abwechslung wie bei Bremen und an der Nordsee. Meist hat dies Land nur die Alternative zwischen einer schweren Schleierdecke und einem lichten, wolkenlosen Himmel. Hier war also für den Ergründer der atmosphärischen Erscheinungen ein begrenzteres Stoffgebiet. Um so stärker reizten die majestätischen Riesen des schneebedeckten Gebirges. Namentlich der Winter da droben übte auf den Künstler eine große Anziehungskraft aus, wenn weite weiße Mäntel sich sanft über Höhen und Täler legen und ihre Flächen mit den beinahe völlig schwarz wirkenden Gruppen des Nadelgehölzes kontrastieren. Das ergibt köstliche Blicke über die tiefen, glitzernden Massen, deren Weiß durch Schatten und Reflexe in allen Farbenbrechungen schimmert, bläuliche, gelbliche, grünliche, graue Töne zeigt; über Höhenzüge, deren Linien die Natur in ewig wechselnder Laune zeichnete, auf und ab, bis zu fernen Gipfeln hin. Dazu ein paar Dorf-

Studie an der Nordsee.

Kommende Flut.

hausgiebel, ein Kirchturm mit feiner Spitze, einsame nackte Bäume als Vertikalbetonungen gegen die in hohen Wogen sich hinziehenden Bergkonturen.

Im Prätigau.

Diese winterlichen Szenerien mögen Overbeck auch darum besonders angezogen haben, weil sie eine Handhabe boten zu den großen dekorativen Wirkungen, die allen Worpswedern von jeher am Herzen lagen. Es ist ihre historische Mission gewesen, zwischen die beiden großen Hauptströme der modernen deutschen Malerei zu treten, verbindend, vermittelnd und versöhnend. Von dem verfeinerten Natursinn und dem erhöhten Verständnis für die ästhetischen Werte des stofflich Einfachen, Anspruchslosen, die im neunzehnten Jahrhundert zu einer im Impressionismus endenden Erneuerung der gesamten Anschauung vom Malerischen führten, haben die Künstler des „niederdeutschen Barbizon" genug profitiert. Ihre Tätigkeit ist undenkbar ohne die Vorarbeit der Generationen, die darauf hingewiesen haben, wieviel Schönheit und Reiz im schlichtesten Wirklichkeitsausschnitt steckt, wenn man ihn nicht nach seinem „Inhalt" befragt, sondern nach den farbigen Werten, Nuancen und Kontrasten, die in ihm enthalten sind; wenn man ihn nicht danach beurteilt, wieweit er im topographischen oder

132

Abendsonne im Hochgebirge.

In den Davoser Bergen.

touristischen Sinne interessiert, sondern inwiefern er durch bestimmte Beleuchtungs-, Luft-, Tages- und Jahreszeiteinflüsse, durch sinnliche Stimmung und farbigen Gehalt Anlass zur malerischen Behandlung gibt. Die „primitiven“ deutschen Modernen vom Jahrhundertbeginn, die Runge, Friedrich, Kobell, dann die französischen Fontainebleauer vor allem, schließlich der ganze Heerbann des europäischen Realismus – sie alle sind den Worpswedern vorangeschritten. Daneben aber hat die andere Gruppe auf sie eingewirkt, die ihren Ausgangspunkt mehr vom Subjektiven als vom Objektiven nahm, die mehr den Raum als die Luft, mehr die Farbe als das Licht, mehr klare als komplizierte malerische Formulierungen, mehr das Zusammenfassende, Lapidare als das Differenzierte und Nervöse suchte. Auch die große Linie, die von Joseph Anton Koch über Böcklin geht, mündet in Worpswede; es war schon davon die Rede, wie allgemein namentlich bei Modersohns erstem Auftreten der Anklang an Böcklins Landschaftsauffassung und Farbengebung auffiel. Aber das Eigentümliche und geschichtlich Bedeutsame der Worpsweder ist nun, wie sie die beiden Elemente miteinander verbanden. Wie sie jene, hauptsächlich von Frankreich ausgegangenen, dann aber internationalen, allgemein europäischen Errungenschaften sich zu Nutze machten, ohne die spezifisch deutschen Tendenzen außer Acht zu lassen. Und zugleich liegt noch eine zweite Form der Versöhnung scheinbar widerstrebender Prinzipien vor. Der Impressionismus war und bleibt seiner ganzen Natur nach etwas Experimentales, die reizvolle Laune und Willkür des Augenblicklichem des momentanen Erfassens und schnellen Wiedergebens sprechen bei den Eindrücken seiner Kunstwerke vernehmlich mit. Das hat seinen Wert und sein Gebiet für sich. Aber daneben gibt es noch wichtige andere Aufgaben, die abseits liegen: die dekorative und monumentale Ausschmückung von Sälen und festlichen Räumen. Hier wird es sich stets um ein gewisses Maß von Abgeschlossenheit und Objektivität handeln, und das Experimentale, Fragmentarische, allzu Persönliche kann nur sehr bedingt zur Geltung gelangen. Bestimmte Regeln, durch die Gesetze des Naumes und der Fläche hervorgerufen und begründet, lassen sich hier nicht umgehen und spotten der subjektiven Selbstherrlichkeit. Hier hatten neben den Impressionisten in Frankreich, Puvis de Chavannes und Moreau, in Deutschland Böcklin, Marees und Feuerbach eingesetzt. Mehr aber als die Franzosen hat die große Trias der Deutsch-Römer diese Tendenzen durchtränkt mit der der germanischen Rasse eingeborenen romantischen Sehnsucht und Träumerei. Und gerade diese Verbindung dekorativer Tendenzen mit der unbezwinglichen, leidenschaftlichen Lust am Sichtbarmachen ferner, erdichteter Schönheitswelten war es, die in der Worpsweder Gruppe ihren Niederschlag fand und nun, im Zusammenwirken mit den Ergebnissen des Realismus, eine neue Art hervorbrachte. Overbeck hat daran bedeutsamen Anteil. Und wenn seine Gebirgslandschaften durch die mächtigen Eindrücke der ungewohnten Aufgaben, die sie boten, das Phantastische, Subjektive, Lyrische mehr zurücktreten ließen als die Moorlandschaften von Bremen, so bewahren sie doch neben der reifen Kraft, atmosphärische und luministische Probleme zu ergründen, jenen großzügigen dekorativen Vortrag, der gern mit ausdrucksvollen Flächen und lebhaften Kontrasten vorgeht.

Overbeck war der erste aus der Kolonie, der aus dem Leben schied. Erschüttert vernahmen die deutschen Kunstfreunde im Sommer 1909, dass am 7. Juni der Zweiundvierzigjährige in Brücken bei Vegesack, wo er seit vier Jahren ansässig geworden war, frühen Leiden erlegen sei. Gerade in dem Augenblick, da der Künstler, „nel mezzo del camin", seinen Anschauungskreis zu erweitern, sein Stoffgebiet zu bereichern begann, da sich seinem Schaffen fremde Perspektiven öffneten und seine Farbenkunst in eine neue Entwicklungsphase eintrat, ward er abberufen. Wie immer, wenn ein hervorragender Mensch in jungen Jahren fortgerissen wird, hat man im ersten Augenblick, von der Trauerkunde betäubt, die Empfindung, dass jetzt ja erst eigentlich der wichtigste Teil seines Lebenswerkes hätte beginnen sollen, – um dann zu verstehen, dass doch auch diese allzu jäh abgebrochene Wirksamkeit schon ein reiches und dauerndes Werk darstellt. Freilich, über das Unbegreifliche kommen wir nicht hinaus, das einen unaufhörlich Strebenden, Ringenden, mit der Welt und sich selbst Kämpfenden um das Glück betrügt, in stiller Fortarbeit die schönsten Früchte seines Genies und seines Fleißes zu genießen.

Nach dem Regen.

Altes Gehöft. Radierung.

Brücke im Moor. Radierung.

Skizze.

Im Vorfrühling.

Sommertag.

Eichenhof.

Skizze.

Mondnacht.

141

Am Moorgraben.

Herbstabend im Moor.

Worpsweder Haus. Radierung.

143

Skizze.

Sommerwolken.

Das alte Haus. Radierung.

Das Moor.

Vor Sonnenaufgang. Radierung.

Hütte im Schnee.

Ein stürmischer Tag.

Sommerzeit.

Das Kornfeld.

Die kleine Gasse. Radierung.

Im Moor.

Hans am Ende.

Hans Am Ende

1870. Der Krieg. Durch Deutschland ging etwas wie eine Erwartung.

Große Begebenheiten lagen in der Luft, Umstürze, Stürme, Morgenröten. Alles war in Bewegung, alles veränderte sich und, was war, schien sich zu einem großen Gestern zusammenzuballen und dämmernd auf die Natur zu warten, hinter der ein größerer Morgen anzubrechen versprach. Damals wohnte die Familie am Ende in Trier und der Vater war Pastor einer beinahe rein militärischen Gemeinde. Der Krieg, das war es, was jeden Tag ausfüllte, umformte, zu etwas Unerwartetem umgestaltete. Möglichkeiten tauchten auf und verschwanden wieder, um neuen Möglichkeiten Platz zu machen. Die Trompeten durchziehender Truppen klangen, ihre Fahnen flatterten und verdeckten die Häuser und den Himmel. Dahinter aber stand die alte, dunkle, von Vergangenheit beladene Stadt fast teilnahmlos. Sie hatte zu viel Zeiten kommen und gehen sehen, Zeiten, die sie auf ihre Schultern genommen hatten, um sie emporzuheben in den Glanz einer kaiserlichen Sonne, und andere wieder, die wie Überschwemmungen waren, wie unaufhörliche Regengüsse, grau, farblos und voll Vergessenheit und Ende.

Und was sie nun lebte, war Verfall, ein Greisentum voll Größe und Erinnerungen, in sich versunken und ungern gestört. Was konnte kommen, was diese marmornen Paläste übertraf, deren einzelne sieche Säulen Jahrhunderte aufwogen, wie sie jetzt noch dastanden in ihrer einsamen, nachdenklichen Größe? Das Amphitheater lag leer und konnte sich nie wieder füllen, aber auch die Dome schienen viel zu weit und die Stimmen alternder Mönche verklangen hilflos in ihrer verlassenen Tiefe. Das war Vergangenheit, und was daran vorbeizog, der Krieg, war Zukunft und es schien keine Gegenwart zu geben.

Und dann auf einmal eine Reife und ein Erwachen in einem kleinen thüringischen Dorfe. Ungewohnte Stille, weiße Häuser, ein Gutshof, ein Pfarrhaus mit großem Garten, der Himmel, die Erde: keine Vergangenheit, keine Zukunft, nichts als Gegenwart. Ruhige, einfache, nüchterne Gegenwart, die flach dahinfloß, ohne Wind, ohne Wellen in breiten Ufern, man merkte es kaum. Nur die stillen Strudel unten im Flusse erinnerten irgendwie an das was war, hatten etwas Verwandtes mit Krieg und Gefahr, aber man wich ihnen aus, und nur das Bewusstsein, dass sie da waren, blieb und verlieh manchen Tagen eine unbestimmte Angst, vor der man sich in das trauliche Dunkel der Wälder retten konnte. Dort gab es viele neue Dinge, Pflanzen, Moose, Tiere und Steine, eine neue, vollkommen unbekannte Welt, die gegen die alten Eindrücke einen lautlosen, beständigen Kampf führte. Sie verwischte sie wohl, sie unterdrückte sie wo sie konnte, aber sie zehrte sie nicht auf. Und es konnte vorkommen, dass man im Walde saß und bei den Stämmen und Säulen dachte und sich vorstellte, in einem alten, lang verlassenen Palast zu sein; an der Rinde der Bäume waren plötzlich die Adern eines grünlichen Marmors zu sehen und wenn man in die Lichtung trat, so wehte einem der Wind wie ein schwerer Seidenvorhang über die Wange, und man träumte, an einem Bogenfenster zu stehen, das sich weit in die Landschaft öffnete.

Und noch ehe man mit dieser Landschaft vertraut geworden war, wieder eine Reise und schließlich eine Ankunft in einem großen, grauen Haus, das auf ein Haar einem Kloster glich, einem alten, strengen, abgeschlossenen Kloster, in das man kam, um still und vertieft darinnen zu leben und eines Tages einsam zu sterben. Es war Schulpforta. Fern war der Vater, und es war nicht mehr seine Stimme, die lehrend sprach; fern war der Bruder, der einzige Freund, unerreichbar das kleine blonde Schwesterchen, mit dem man so liebe Spiele gespielt hatte in dem großen, schattigen Garten, der nun auch nicht mehr war als ein Traum, den man sich wünschen konnte, abends beim Einschlafen. Und dann stieg in der Erinnerung das schöne Pfarrhaus auf, des Vaters Bücher, die Bilder, die an den Wänden hingen, das Dorf, und sogar die Strudel im Flusse unten hatten nichts Unheimliches mehr und trugen nur dazu bei, das Gefühl zu erhöhen, dass man das alles kannte, liebte und begriff, während hier um einen alles fremd, unfreundlich und beinahe feindlich war. Alles war auf strenge, monotone Arbeit zugeschnitten, eine Arbeit, die zwanzig, dreißig, fünfzig Menschen gleichzeitig taten, so dass es gar nicht einzusehen war, weshalb man sie auch noch tun musste.

Alleinsein gab es nicht. Keine Stunde, wo man unbeobachtet war, kaum ein Augenblick, wo nicht ein Paar mürrische Aufseheraugen hinter einem hergingen, Augen, die man fühlte, auch wenn man sie nicht sah. Ein Geist von Askese ging durch das kalte Haus und seltsame Sehnsüchte erwachten. Man begann auf einmal zu bemerken, dass nirgends auf diesen langen Gängen, nirgends in diesen hohen Zimmern mit den gewölbten Decken auch nur ein einziges Bild zu finden war, und ein ganz unbeschreiblicher Durst entstand, Bilder zu sehen, gleichgültig welche, nur Bilder. Man erinnerte sich, dass in der Kirche über dem Altar ein Bild sein musste, man schlich sich hin und stand stundenlang heimlich davor, mehr träumend als schauend. Es war ein Christus mit den Aposteln von Schadow. Dieses Bild war wie ein Fenster in etwas Ungewisses, in das Leben, das, wie man auch wartete, immer noch nicht beginnen wollte. Endlich begann es.

In den Ferien kam Hans am Ende (dessen Kindheit und Jugend das war) nach Leipzig zu Georg Ebers. Im Hause dieses liebevollen Gelehrten fand er alles, was er vermisst hatte, Bücher, Bilder, Teilnahme und Hilfe. Ebers selbst besaß viele Bilder, und wenn er einem mit seinen schönen Händen irgendein Blatt, eine Originalzeichnung zu seinen Werken herüberreichte, dann lag in der Bewegung, mit der er das tat, etwas Sorgfältiges und Ehrfurchtiges zugleich, was dem Blatte einen besonderen Wert zu geben schien. Es war eine Welt, in der die Kunstwerke nicht nur aufgespeichert wurden; der sie besaß, wusste sie zu behandeln, so, dass sie nicht versiegten, sondern flossen wie lebendige Quellen, die dem Raume eine helle, heitere Frische geben. In diesem Hause und in den Leipziger Sammlungen stand am Ende zum erstenmal vielen, verschiedenen Bildern gegenüber, die man vergleichen und prüfen konnte. Und in diesen Tagen reifte sein Entschluss, Maler zu werden. Er müsse nach München, meinte Georg Ebers, und er war es auch, der ihm dazu verhalf. Als Hans am Ende nach München kam, war er vollständig ratlos. Wie zwischen den früheren Perioden seines jungen Lebens kein Zusammenhang war, wie sich da in scharfen Linien, ohne Übergang, Kontrast zu Kontrast stellte, so war auch diese neue Zeit etwas Unerwartetes, Plötzliches, worauf niemand vorbereitet war. Nun lagen hundert Wege zur Kunst vor ihm, aber er hätte nicht vermocht, eine Wahl zu treffen, denn er konnte keinen überschauen. Da war es von allergrößter Wichtigkeit für ihn, dass sich ihm eins der ersten Häuser Münchens herzlich, wie ein zweites Elternhaus öffnete. In der Familie des Geheimrats Gudden fand er Rat und Heimat und konnte sich, von diesem festen Punkte aus, die Wege suchen, die ihm geeignet schienen. Als er, durch den tragischen Tod Guddens, diese Stütze verlor, da hatte er im Münchener Leben bereits Fuß gefasst. Wertvoller als der Unterricht an der Akademie, der ziemlich nachlässig betrieben wurde, war ihm die Freundschaft des jungen Gudden, des jetzigen Frankfurter Porträtisten, und des Kupferstechers Holzapfel. Diesem letzteren dankt er die Kenntnis des Radierens, jener Technik, die ihm später zu einem so reichen und lieben Ausdrucksmittel wurde.

Aber sonst lernte er in dieser Zeit nicht viel. Die nüchterne und handwerksmäßige Schularbeit, die niemand ernst nahm, ermüdete ihn, ohne ihn auch nur einen Schritt weiterzubringen, das Zeichnen nach gemeinsamem Modell machte ihn nervös, und zu seinen Kameraden fand er keine rechten Beziehungen. Nur mit George Sauter und mit Slevogt gab es wirkliche Berührungspunkte. Oft standen diese drei jungen Leute, von denen jeder später seinen eigenen Weg gefunden hat, vor Böcklin. „Das Spiel der Wellen“ und der „Frühlingstag“ waren eben aus Berlin zurückgekommen, wo sie verhöhnt worden waren. Klingers „Paris-Urteil“ hing in einem schmalen Nebenzimmer: es war eine andere Zeit.

Man sehnte sich nach der Zukunft, nach jener Zukunft, deren Anzeichen längst da waren, ja die eigentlich selbst schon begonnen hatte. Nur dass es die meisten nicht merkten. Unvergessliche Stunden waren das in der Schackgalerie. Da war Zukunft: Feuerbach und Giorgione, Böcklin und Tizian. Es klang irgendwie zusammen. Es war wie aus einer Zeit, oder wie aus einer Ewigkeit. An Feuerbach war diese Großheit so wunderbar, diese erhabene antikische Geste, die wie hinter schwarzen Schleiern trauerte, um die Antike, die nicht mehr war. Man fühlte den modernen Menschen dahinter, den erregten, sehnsüchtigen, kämpfenden Künstler, dessen Konflikt es war, dass man von ihm weniger verlangte, als er gegeben hatte. So versuchte er endlich, weniger zu geben, er verzichtete auf seine tiefe, glühende Farbe, er malte eine beständige Askese und Armut, immer breiter, immer monumentaler, immer hoffnungsloser. Und endlich starb er. Man las es aus seinem „Vermächtnis“, dass es schwer war, Künstler zu sein, dass man das Leben groß fassen konnte, aber es zerrann einem zwischen den Fingern, wie ein wenig Erde, als ob es das Bestreben hätte, klein zu sein. Man fühlte, dass es hundert Gefahren gab und dass dieser merkwürdige Mann sie kannte. Über die Akademien hatte er geschrieben: „Rücksichtlich sei der edle Mensch und rücksichtsvoll! – Darum, ihr angehenden Kunstjünger, besucht den akademischen Elementarunterricht: er kommt am billigsten. Wer dann unter euch ein gottbegnadeter Flötenfpieler ist, der bläst beizeiten die eigene Melodie, in der Schule lernt er nur den eintönigen Chorus. Studiert die alten Meister, legt zur rechten Zeit eure eigene Individualität in die Wagschale, dann werdet ihr ziemlich genau erkennen, was ihr vermögt. Andere Wege gibt es heutzutage nicht.“

Dieser Hinweis war wertvoll. An Stelle der Akademie trat auch bei Hans am Ende immer mehr der Besuch der Schackgalerie und der Pinakothek. Von Rembrandt war nur ein Selbstbildnis da, freilich auch die Radierungen. Diese mächtigen Blätter bildeten den Gegenstand seines ganz besonderen Studiums.

Aber dabei verlor er sich nicht nach einer Seite hin. In seiner Natur lag das Bedürfnis, sich nach allen Richtungen hin zu erweitern und eine gewisse Angst, etwas zu übersehen und zu versäumen, was wichtig war; vielleicht auch kam das Bestreben hinzu, nachzuholen, was ihm während der Klosterjahre von Schulpforta entgangen war. Er gehört zu denjenigen, die hinter allen Künsten etwas Gemeinsames sehen, ein letztes ideales Ziel, in dem sie alle wie Wege und Ströme münden. Für solche Leute heißt Maler sein nicht nur malen; in den Büchern, in der Musik, überall fühlen sie Verwandtschaften, Anklänge, Erweiterungen. Die verschiedensten Geister fanden sich da zusammen: Firdusi neben Vischer, Zola, Goethe und Feuerbach, Altes und Neues, Fremdes und Einheimisches, und große Gedanken gingen wie Stürme über diese Seele, die nicht vorbereitet war, sie aufzunehmen und dunkel und zitternd zurückblieb, wenn sie vorüber waren. Und dann kamen die süßen Versprechungen der Musik, die zu erfüllen schien, ehe man gewünscht hatte; diese sanften und seligen Stimmen, die immer neue Sehnsüchte hervorlockten, um ihnen die Schwere zu nehmen; die Welt Wagners stieg auf, diese rauschende Welt, die sich öffnete und schloss wie ein Sesam des Lebens und der Liebe. Es war eine Reaktion gegen das Abgeschlossensein der früheren Jahre, ein atemloses fortwährendes sich Hingeben an alles, was kam und was einen mitnahm und zurückließ wie eine Welle, so dass man immer wieder auf die nächste Welle wartete, die einen noch weitertragen sollte. Das führte immer tiefer ins Meer hinaus; aber auch das war gut: denn man lernte, wenn man an den Strand zurückwollte, die Arme gebrauchen.

Übrigens gingen neben allen diesen Beschäftigungen noch Universitätsvorlesungen her, anatomische Studien und, fast instinktiv, setzte auch immer wieder ein eifriges Arbeiten vor der Natur ein, obwohl die Landschaft nicht viel Anregung bot. Ein halbes Jahr arbeitete am Ende bei Keller in Karlsruhe in der Nachbarschaft von Baisch und Schönleber, kehrte aber doch wieder nach München zurück, als ob für ihn da noch etwas zu holen wäre. Und so war es auch.

Hier, in der Diezschule, machte er, freilich erst noch ganz flüchtig, die Bekanntschaft Mackensens, die für sein Leben so wichtig werden sollte. Näher berührten sich die jungen Leute erst, als sie beide zu einer Übung nach Ingolstadt eingerückt waren. Dort fand man sich eines Abends in einem Gasthause zusammen, und den beiden Diezschülern, die sich kaum noch kannten, fiel die eigentümliche Aufgabe zu, die alten Meister gegen einen Herrn ihrer Gesellschaft, der sich abfällig, vielleicht über Rembrandt, geäußert hatte, zu verteidigen. Bei dieser Gelegenheit merkten sie erst, wie gut sie einander verstanden und im täglichen Verkehr erwuchs eine Freundschaft, die sich immer mehr bestätigen sollte.

Mackensens Skizzenbuch enthielt schon viele Zeichnungen zu dem geplanten Bilde „Gottesdienst“ und es verfehlte nicht, ebenso wie der

ganze Mensch, seine Energie und Einfachheit, großen Eindruck auf ihn
zu machen. Er schloß sich ihm herzlich an, und es war nur selbstverständlich, dass er ihm schließlich („für einige Wochen" wie er meinte)
nach Worpswede folgte, von dem Mackensen so Wunderbares zu
erzählen wußte.

Hier beginnt am Endes Kunst.

Ich muss zunächst sagen, dass ich kaum das Recht habe, über diese
Kunst zu schreiben. Ich kenne nur vier oder fünf von den Bildern dieses Malers und konnte mich nur mit seinem radierten Werke eingehen-
der beschäftigen. Ich werde mich daher an dieses zu halten haben und
nur hie und da einen vorsichtigen Versuch machen, weitere Ausblicke
zu geben.

Die Periode „Worpswede" begann für Hans am Ende nicht weniger
unvermittelt als die früheren Abschnitte seines Lebens. Der Münchener
Aufenthalt hatte ihn auf alles eher vorbereitet, als darauf, in ein kleines
entlegenes Dorf zu gehen, das irgendwo auf einer alten Düne lag und der
Welt den Rücken kehrte. Aber wenn ein Leben einmal eine bestimmte
Form gefunden hat, scheint es oft mit einer gewissen Zähigkeit daran
festhalten zu wollen; mag die Persönlichkeit auch wachsen, die dieses
Leben trägt, seine Entwicklungen vollziehen sich immer wieder nach
der einmal erprobten Gesetzmäßigkeit, die durch eine reifende Individualität zwar nicht durchbrochen, aber für sich ausgenützt werden kann.

Als Hans am Ende nach Worpswede kam, mussten alle die vielen
Beschäftigungen, die ihn in München erfüllt hatten, fortfallen. Da war
nichts neben der Natur, einer Natur freilich, die so unerschöpflich war,
dass sie verwirren konnte durch ihre Vielfalt. Aber eine Konzentration
war doch immerhin geschehen.

Nach den hundert zerstreuten Anforderungen der Stadt war da mit
einem Mal eine Aufgabe gestellt, die zwar in unzählig viele Aufgaben
zerfiel, aber doch über sie alle fort zur Einheit führen konnte. Es ist
nicht zu verwundern, dass die Aufgaben, die Hans am Ende als die seinen erkannte, nicht in einer Linie liegen.

Seinem Wesen entsprach es, sich strahlenförmig nach allen Seiten
hin zu entwickeln, und das Ziel einer solchen Entwicklung war notwendig der Kreis. Doch auch ein langsames Wachsen in konzentri-
schen, auseinander herausrollenden Kreisen war nicht seine Sache. Es
ist, als hätte dieser ungeduldige Geist sich gleich seine äußerste Peripherie festgesteckt, um, Radius für Radius, zu ihr hinzugehen Und
wenn in dem einen eine fast unerhörte Kühnheit liegt, so mutet die
kolossale Arbeit, die da so treu Schritt für Schritt geleistet worden ist,
wie ein demütiges, stilles Dienen an, das zu jener Erfüllung hinführt.

Manchmal verliert sich unterwegs die Spur und es scheint, als wäre der fernste Kreis im Fluge oder mit einem Wurfe erreicht worden. Immer aber geht das Streben mit einer seltenen Unerschrockenheit auf jene letzte Linie zu, die noch erreichbar ist. Auf der entscheidenden Münchener Ausstellung des Jahres 1895 hatte Hans am Ende eine Radierung nach Eugen Vrachts „Grabmal Hannibals" und die zwei großen Originalradierungen „Mühle" und „Immenhof", die gleich eine seltene Reife und Sicherheit der Technik aufwiesen.

Die Mühle. Radierung. 1894.

Immenhof. Radierung. 1894.

Aber die Kritiker, welche diesen ungewöhnlichen Leistungen mit Staunen und Lob entgegenkamen, wussten nicht, dass derselbe Künstler damals schon kleine Blätter voll lyrischer Empfindung geschaffen hatte, sie ahnten nicht, dass er auch Maler war, der sich an landschaftlichen und figürlichen Motiven versuchte, obzwar die Nachbildung des Brachtschen Gemäldes ein großes Verständnis für das Wesen malerischer Werte verriet. Er wurde zunächst nur durch jene großen Blätter bekannt, die bereits von einer eigentümlichen Naturauffassung Zeugnis ablegen, welche er später von Bild zu Bild bestätigt und erweitert hat. In der „Mühle", ebenso wie in dem Blatte „Immenhof", ist noch viel Versuchendes, aber es steht alles Versuchte auf einer gewissen gleichmäßigen Stufe des Gelingens und deshalb hat der Gesamteindruck doch etwas Breites, Einheitliches. Neben diesen großen Drucken, in welche gewissermaßen nur Resultate eingetragen wurden, gehen die kleinen Blätter her, die ungleichmäßiger, aber auch in vieler Beziehung ausschlussgebender sind. Hier wurde vieles erprobt und geprüft, was nicht gelingen musste, was aber gleichwohl, weil es so unbetont geschah, gelang. Sie wirken, neben die großen Radierungen gehalten, wie geschriebene Tagebuchblätter neben gedruckten Buchseiten. Sie enthalten mehr als den Inhalt: der Duft der Stunde ihres Entstehens ist an sie gebunden, und es ist als hätte, wer sie schuf, nicht an viele gedacht, vielleicht nur an eine nahe Hand, die Liebes zärtlich zu halten weiß.

Ich meine vor allem das sehr schöne Blatt „Träumerei". Eine stille geschlossene Frauengestalt geht neben Birken mit gesenktem Gesicht, tief träumend, am Wasser hin. Links beginnt ein Wald, rechts stehen Schafe, schauen und weiden nicht mehr. Es dämmert schon. Das Wasser glänzt noch einmal auf, die Birken schimmern. Man könnte an ein Blatt von Klinger denken, etwa aus der Zeit, als der „Handschuh" entstand. Aber es ist eine andere Melancholie, ein anderer Traum.

Dann gibt es ein zweites Blatt. Ein Haus, hell, weit zurückgeschoben, am Rande einer Blumenwiese. Dünne Birken stehen licht davor und werfen lange Morgenschatten in das Gras.

Und dann gibt es ein Bild: Blütenbäume, nichts als eine Reihe blühender Bäume in weitem, ebenen Land; eine Frau, die die Arme hebt, ein Kind: Millet klingt an, aber es ist noch mehr wie Jacobsen es geschrieben hat: „Blütenweiß stehen, Bukette von Schnee, Kränze von Schnee, Kuppeln, Bogen, Girlanden, eine Feenarchitektur von weißen Blüten mit einem Hintergrunde von blauestem Himmel".

Solche Momente sind köstlich: wie wenn man am Abend bei einem einsamen Landhaus vorübergeht; man hört Musik, aber, wie man stehen bleibt, um zu lauschen, ist sie verklungen. Und nun steht man

Träumerei. Radierung. 1898.

und wartet. Es sind Minuten voll Nachklang, Stille und Ungewissheit. Was wird nun kommen: etwas Frohes, etwas Mächtiges oder wird man hören wie das Klavier geschlossen wird? So sind diese Blätter, so ist dieses Bild: Pausen, Intervalle voll Nachklang, Stille und Ungewissheit. Sie sind selten bei am Ende, dessen Kunst eigentlich Musik ist. Musik, ja, das ist es, womit man sie am besten vergleichen kann. Musik von Hörnern und Harfen, Steigendes, Schwellendes, Verschwendung. Die Farben seiner Landschaften setzen ein, als hätten sie auf den Wink eines unsichtbaren Taktstockes gewartet. Wenn man vor seine Bilder tritt, gibt es einen kleinen letzten Augenblick der Stille, einer lautlosen Stille wie im Theater, knapp ehe die Ouvertüre beginnt. Dann fallen sie ein, stark, vielstimmig mit brausender Breite. Ein ganzes Orchester sammelt sich im Raum des Rahmens, und es ist alles da bis zum braunen Glänzen der Geigen und dem hellen Blitzen erhobener Hörner.

Hans am Ende malt Musik, und die Landschaft, in der er lebt, wirkt musikalisch auf ihn. Darum sieht er sie nicht mit der stillen, sachlichen Ruhe des Malers an und versenkt sich nicht in sie mit des Dichters lauschenden Sinnen. Er ist ergriffen von ihr, hingerissen, emporgehoben und hinabgezogen. Er malt sie, gleichsam im Kampfe mit ihr; als ob einer die Welle malte, die über ihm zusammenschlägt. Darum wächst sie ihm so über alle Maße hinaus, darum haben seine Formen, obwohl sie so stark und wirklich sind, doch etwas Unabgeschlossenes: als ob sie noch weiter wachsen wollten, um, wie jede Form in der Musik, endlich an einem Punkte höchster Spannung abzubrechen, sich aufzulösen, ein neues Leben zu beginnen. Eben dieses gleitende Wesen der Musik ist es, welches der Malerei zu widersprechen scheint. Und dieser Widerspruch ist auch da und dort in am Endes Bildern sichtbar; manchmal ist er stärker als sie, manchmal aber ist er unterworfen und gezwungen worden, dem Bilde zu dienen. Da entstehen dann sehr eigentümliche Wirkungen. Niemand, als ein Maler, der in dieser Weise die Natur erlebt, konnte jene heroischen Stunden malen, Stunden des Abends und der Dämmerung, wenn jedes Ding über seine Kontur hinaus in eine größere zu wachsen scheint. Die Erde dehnt sich aus, die Flüsse verbreitern sich, Himmel scheint sich auf Himmel zu türmen und wie Ruinen dunkler Riesenmauern steigen sehr ferne Baumgruppen davor auf. In solchen Momenten kommt die Natur einem tiefen, halb vergessenen Gefühl am Endes entgegen, sie steigert und bestärkt es und, wie aus vielen Erinnerungen, findet er jene alten Birken, die sich so oft in die Mitte seiner Bilder hineinziehen, graugrün glänzend, hintereinander gereiht, wie die letzten Marmorsäulen langvergangener Kaiserpaläste.

Sonnenschein. Radierung. 1899.

In dieser Landschaft hat der Mensch keinen Raum. Ein Geist der
Verlassenheit ist über ihr; die hier gewohnt haben, sind Fürsten gewesen, aber sie sind nicht mehr. Auch die Sagen sind schon tot, die von
ihnen erzählt haben. Aber auch den Menschen hat am Ende immer wie
ein Stück Natur gesehen, und wie ihm in München das Studium der
Anatomie besonders wichtig war, so hat er später in Worpswede mit
großem Eifer Köpfe gezeichnet. Er hat dabei seine Technik ganz darauf
eingestellt, jeder Linie bis ans Ende nachzugehen, was diesen Arbeiten
eine überraschende Durchbildung verleiht. Wie ein Goldsucher ist er
durch diese Gesichter gegangen; es gibt keine Stelle in ihnen, die er
nicht untersucht hat. Aber vielleicht konnten die Züge dieser Bauern
ihm nicht geben, was er brauchte. Vielleicht waren sie ihm zu sehr von
Einem erfüllt. Vielleicht sehnte er sich nach solchen, in denen nicht
nur Arbeit, Arbeit, Arbeit stand und mehr als die karge Vergangenheit
nur eines Lebens.

Worpsweder Bauer. Radierung.

Schon das Kinderköpfchen (das er radiert und modelliert hat) schien
ihn stärker zu interessieren. Es war weniger abgeschlossen, geheimnisvoller, ein Anfang. Man sollte meinen, dass die seltsame, musikalische
Empfindungsweise dieses Malers ihn ganz besonders geeignet machen
müsste, das gleitende und wechselnde Leben des menschlichen Gesichtes zu erfassen. Einen Gedanken, der wie eine Wolke auf klarer Stirne
schattig aufsteigt, ein Lächeln, das kommt und verklingt, und den gro-

Worpsweder Kind. 1898. Photographie nach dem Abguss.

ßen Sonnenaufgang der Seele in einem verklärten Gesicht. Man kann sich ihn denken, wie er Kinder aus alten Familien malt, in deren von vergangenen Kulturen vorbereiteten Zügen ein neues Leben wartend steht.

Es ist vielleicht etwas vom Großstädter in ihm; vielleicht gibt es Momente, wo er sich inmitten der weiten, wogenden Natur, ungeduldig und nervös, nach einem Gesichte sehnt, in dem sie sich zusammenfasst.

Hans am Ende hat von den Worpswedern das hellste Auge. Er blickt mit heiterer Klarheit in die Welt. Nicht das Epische Mackensens, nicht das Düster-Sinnende Modersohns, nicht die machtvolle Leidenschaft Overbecks, nicht das zarte Märchentum Vogelers ist ihm eigen. Will man den Vergleich mit den Fontainebleauern weiter durchführen, so ist er der Daubigny vom Weyerberge. Er neigt sich vor der Natur und empfängt, wie dieser Frühlingsmaler der Schule von Varbizon, dankbar ihre Gaben. Um alle Frische und Pracht des Blühens ins Bild zu retten, allen Duft und alle Hoffnung des nahenden Sommers zu bewahren, alle Anmut und Süße aufzusaugen, die rings auf der Welt ruht, wenn die Natur aus ihrem Winterschlaf erwacht.

Der Künstler ist gleichfalls, wie seine Freunde, oftmals in eine breite dekorative Art gelangt, und er hat, wie die andern, dabei gelegentlich auch die Leere nicht ganz vermieden, die sich hier leicht einschleicht. Aber er hat daneben gerade mit derartigen, auf stark wirkende Flachenkontraste aufgebauten Bildern packende Eindrücke hervorgerufen (so z.B. bei dem Gemälde „Tief im Moor“). Und er hat vor allem zugleich eine Kraft des malerischen Ausdrucks herangebildet, die seinem bisherigen Lebenswerke eine besondere Stellung anweist. Die Studie, die wir in diesem Bande in farbiger Reproduktion bringen, gibt eine Anschauung von der Breite, Wucht und Energie des Farbenvortrags und der Pinselführung, die er sich angeeignet. Auf Anhieb sitzen diese fest hingeworfenen, derb über die Leinwand gefegten Striche und Tupfen. Kühn stoßen die Kontraste auseinander, das Gelb der Bäume, das Blau des Himmels, das Graurosa der Wolken, das Dunkelgrün des Waldstreifens. Alles ist Gesundheit, atmende, lebendige Naturstimmung.

Noch prachtvoller ist diese Technik in dem „Kornfeld im Hochsommer“ durchgeführt. Ich kenne kein Bild, in dem das goldene Wogen der Ährenmassen, die dichte, reife, jubelnde Herrlichkeit des prächtigen Korns so großartig erfasst und so glänzend malerisch gedeutet ist. Fast die Hälfte des Bildquadrats nimmt diese blonde Flut ein, glitzernd und leuchtend. Wahrlich: das harrt des Schnitters, das will „genommen

Studie.

sein". Der Eindruck dieses Bildes ist wie der der Natur selbst und ist doch weit mehr als das, ist ein Hymnus auf die Fruchtbarkeit der Erde und die Farbenpracht des Sommers. Julischwere liegt in der Luft, die Hitze zieht tausend weißliche Fäden, Flocken und Würmer über die flimmernde blaue Glocke. Nur mit den Dachköpfen ragen ein paar Häuser des nahen Dorfes über dies starke Meer des Feldes, über die spitzen Ährenhaare, die in die Luft starren; es ist, als wollte die reife Fülle alles ringsum überschwemmen.

Kornfeld im Hochsommer

Ein Beispiel für die verhältnismäßig selten auftretende Figurenmalerei am Endes ist das „Zwiegespräch". Mackensens Einfluß ist zu spüren, aber auch hier ist eine sehr deutlich bemerkbare eigene Note, eine Klarheit und Schärfe der Beobachtung, die sich von Mackensens epischer Art doch wieder unterscheidet. Man möchte sagen: es ist mehr

Leibl als Millet darin. Mehr Freude am Stofflichen und an den Aufgaben des Farbigen als am homerisch-biblischen Umdichten der Szene. Alles ist vollendete Natürlichkeit und Lebendigkeit, die gehoben werden durch die Kontraste zwischen der Frau und dem älteren Manne. Man vergleiche die seine und kluge Art, wie die Malerei der Gesichter, der Hände, des Haares, der Kleidung den Verschiedenheiten nachgeht, die sich hier und dort finden. Auch das diskret eingefügte Stillleben des Tisches zur Linken mit dem gefüllten Vierglase erinnert an Leibl. Und nicht minder die Kunst, mit der das Gespräch dieser beiden Menschen charakterisiert wird, das Gespräch von Leuten, denen die Worte nicht aus dem Munde stürmen, sondern langsam und bedächtig von schwerer Zunge fließen, und deren Gedanken nicht schneller gehen als ihre Worte. Der Blick der beiden, der sich begegnet ist besonders wirkungsvoll, so wenig das Motiv unterstrichen und absichtlich aussieht.

Zwiegespräch. Gemälde.

Als Zeichner und Radierer hat Hans am Ende sich öfters den Problemen menschlicher Gestalten und Köpfe zugewandt. Auch hier bleibt er der unerbittlich scharfe Beobachter und der leidenschaftliche Bewunderer der Natur. Aber er kennt auch die feine Wahrheit des Liebermann-Wortes: „Zeichnen ist Fortlassen", d.h. es ist ein Herauslocken der entscheidenden Linien und Striche aus der unübersehbaren Fülle der Einzelheiten in der Wirklichkeit. Und ein Fortlassen der Nebendinge. So kommen die mit höchst sparsamen Mitteln aufs Papier gebannten Köpfe zustande, die rasch einen ganzen Menschen vor uns hinzaubern, so fest und sicher, dass wir nicht sicher wüssten, was noch hinzuzufügen sein könnte. Hans am Endes Radierungen bilden ein wichtiges Kapitel für sich. Die Worpsweder haben alle von jeher den Pinsel gelegentlich gern mit der Nadel vertauscht; keiner aber war von Natur mehr dazu berufen als am Ende. Die Proben seines Radierwerkes, die wir bringen, sagen genug von seiner außerordentlichen Befähigung zu diesem Kunstzweige. Die Blätter verraten ein ungewöhnliches Talent, Möglichkeiten der geätzten Platte auszunutzen, wirkungsvolle Helldunkelkontraste zu geben, mit weiser Disposition sorgsam behandelte Partien mit andeutenden Strichen wechseln zu lassen. Es ist ungemein geistreich, wie er mit der Nadel in wenigen, leicht hingesetzten, haarfeinen Linien einen Wolkenhimmel, das Wasser eines Flusses, das Gras eines Heidestrichs wiederzugeben, resp. unsere Phantasie zur Ergänzung und Deutung seiner zeichnerischen Hieroglyphen anzuregen weiß. Mit wie einfachen Mitteln ist das Blatt „Fährboote im Hamburger Hafen" behandelt. Zählt man die Striche zusammen, so sind es gar nicht viele; und doch genügen sie, um in uns mit suggestiver Kraft eine Vorstellung des Riesenhafens, seines Schiffsgewimmels, seiner Docks, seines Rauchs und Dunstes zu erwecken.

Am Endes zeichnerische Energie zeigt sich jedoch am stolzesten vielleicht in dem Blatte der „Wildnis am Brocken". Man kann sich nicht satt sehen an der materiellen Kraft und Stämmigkeit dieser alten Baumriesen. Wir sprachen davon, Hans am Ende sei der Daubigny der Worpsweder: hier zeigt er sich als ein Nachfolger Theodore Rousseaus in der Freude an dem Gerüst der Stämme und Zweige, an den seltsamen, machtvollen Formationen, die die Natur hervorgebracht hat.

Wildnis am Brocken. Zeichnung.

Föhrenhain.

Letzte Abendsonne.

Sommertag. 1901.

Abend im Schilf.

Herbstabend am Moorkanal.

Herbst. 1901.

Im Bruch.

Winter im Moor. 1899.

Segelfahrt. 1899.

Gehöft im Schnee. 1901.

Mühle im Moor. Radierung.

Segelfahrt. Radierung.

Mädchenkopf. Zeichnung.

Fährboot im Hamburger Hafen. Radierung.

Radierung.

Heinrich Vogeler.

Heinrich Vogeler

Die Cholera war in Amsterdam. Die jungen Leute, die von der Düsseldorfer Akademie herübergekommen waren, hielten noch eine Weile stand, schließlich aber flüchteten sie in ein kleines holländisches Seebad; sie fanden es leer, die Fassaden vernagelt, das Meer eingeregnet und einen grauen, trägen Nebel über allem, der sich eintönig von Stunde zu Stunde zog. Da kam es über sie wie eine Angst, wie wenn man nachts aufwacht und es ist so dunkel, dass man glauben kann, plötzlich erblindet zu sein. Mit jenem verzweifelten Entschluss, mit dem man dann nach einem Zündholz sucht, mit einem ganz ebensolchen Entschlusse reisten die jungen Leute ab, mit dem nächsten Zuge ins Licht, nach Italien, in die Sonne womöglich.

Von solchen Reisen und nicht von der traurigen Düsseldorfer Akademie müsste man erzählen, wenn man Heinrich Vogelers Lehrjahre schildern wollte. Sie waren bunt genug. Er gehört zu denjenigen, die alles kennen gelernt haben: das atemlose Treiben wachsender Weltstädte und die spießbürgerliche Einfalt entlegener Inselorte, in denen ein Tag dem anderen, und alle Tage irgendeinem ersten Tage zu gleichen scheinen, dessen sich die ältesten Leute noch entsinnen können. Er hat alle Galerien besucht, und aus vornehmen Landsitzen hat er Sammlungen und Bilder gesehen, die selten gezeigt werden. Er entzog sich den nordischen Nebeltagen, um plötzlich, wie in einem eigenen Traum, an einem sonnigen, romanischen Meer aufzutauchen, und eines Tages war er auch dort verschwunden und fand sich mit alten Freunden, die er lange nicht gesehen hatte, auf der Piazzetta zusammen, um mit Einbruch der Nacht nach dem schimmernden Lido hinüberzufahren. In der Erinnerung solcher Leute entsteht allmählich eine eigene Geographie: Orte, die ihnen verwandt waren, rücken zusammen und hängen sich wie die Glieder einer Kette aneinander an – andere, die auf der Karte benachbart sind, werden einander fremd, als ob sie verschiedenen Zeiten und Ländern angehörten. Die Welt ordnet sich neu: sie wird kleiner, übersehbarer, persönlicher. Man kommt aus London zurück und erinnert sich eines Paolo Uccello, eines wunderbaren heraldischen Turnierbildes in Silber und Schwarz, und bei Florenz denkt man vor allem an Hugo van der Goes, den geheimnisvollen Niederländer, und das Ospedale von Santa

Maria nuova wandelt sich wie auf einen Wink in einen jener weißen Beguinenhöfe, die Brügge so unvergesslich machen. Brügge steigt auf. Die verlassenen Gassen, die stillen, gebogenen Brücken, die über die tiefen Spiegelbilder schlafender Dinge zu anderen verlassenen Gassen führen. Und mit einem Male ist es Venedig mit seiner golden-dunkelnden Luft, Venedig, welches seine „Tizianische Stunde“ hat. So bewegt sich die Erinnerung und hat Stunden der Ebbe und Stunden der Flut, aus denen allmählich ein neues Land steigt, ein neues Leben, die eigene Welt eines jungen Menschen, der das alles gesehen hat.

Die Welt, von der in diesem Falle zu reden ist, hat sich frühzeitig gerundet und abgeschlossen; denn, wenn Heinrich Vogeler reiste, geschah es weniger, um Fremdes aufzunehmen, als vielmehr, um sich gegen das Andersartige zu halten und die Grenzlinie der eigenen Persönlichkeit zu ziehen, festzustellen, wo das Eigene aufhörte und wo das Fremde begann. Dieses ist der Sinn und die unausgesprochene Absicht seiner Reisen gewesen; unter dem Einfluss fremder Dinge hat er erkannt, was das Seine ist und wenn etwas an dieser Entwicklung überrascht, so ist es der Umstand, dass er so früh schon sich zu verschließen begann, zu einer Zeit, wo andere junge Leute erst recht aufgehen und sich ziemlich wahllos den Zufällen hingeben, welche ihnen begegnen. Es liegt eine gewisse Reife, aber auch eine gewisse Beschränkung in diesem frühzeitigen Torschluss, als hätte dieser Mensch sich nach dem Ebenbilde jenes alten Edelhofes erbaut, der hinter weißen Mauern und dunklen Gräben im Tale lag und zu dem er als Knabe immer sinnend hinübersah. Diese Entwicklung ging darauf aus, sich sobald als möglich mit Mauern und Gräben zu umgeben; was hier beabsichtigt war, war kein Sichausbreiten von einem festen Punkte aus, sondern es sollte die Peripherie eines Kreises gefunden werden, den immer dichter auszufüllen die eigentümliche Aufgabe dieses Menschen zu werden schien. Was an dieser Aufgabe zunächst auffällt, ist ihre Absehbarkeit; künstlerische Ziele liegen immer im Unendlichen und es ist nicht möglich, etwas über ihre Erreichbarkeit zu sagen. In diesem Falle aber war das Thema begrenzt, enge begrenzt sogar, und man musste dabei nicht notwendig an eine Kunst und an einen Künstler denken; es war vor allem ein Leben, was da entstehen wollte und entstand.

Freilich, solange dieser junge Mensch seine kleine, abgeschlossene, eigene Welt in sich herumtrug, war sie nicht viel mehr als eine kleine Eigenheit, ein persönlicher Widerspruch gegen alles andere, zu leise und vornehm, als dass er bemerkt worden wäre und von der ganzen großen Wirklichkeit fortwährend widerlegt. Es gehen viele mit solchem Anderssein, mit einem unaufhörlichen inneren Widerspruch in der Welt herum und sie sind deshalb nicht mehr als unzufriedene Sonderlinge, deren Seltsamkeiten kaum ernst genommen werden. Es kommt darauf an, ob so ein Protest die Kraft hat sich durchzusetzen, sich als Wirklichkeit jener anderen, allgemein anerkannten Wirklichkeit gegenüberzustellen, ihr das Gleichgewicht zu halten, ja womöglich in seinen Höhepunkten überzeugender zu sein als sie. Die Weltgeschichte ist erfüllt von solchen Protesten; an den Auflehnungen einzelner rankt sie sich empor. Aber auch das mönchische Dasein (wie Franziskus es gemeint hat) ist ein solcher Protest, der, ohne an die Wirklichkeit der anderen zu rühren, im Vegründen einer zweiten Wirklichkeit beruht. Da haben wir ein Leben, welches sich mit Mauern umgeben und daraus verzichtet hat, sich über diese Grenzen hinaus auszudehnen. Ein Leben nach innen. Und dieses Leben verarmt nicht. Inmitten schiffbrüchiger Zeiten scheint es die Zufluchtsstätte aller Reichtümer zu sein und wie in einem kleinen zeitlosen Bilde alles zu vereinen, wonach die Tage draußen ringen und jagen. Seine Gesetzmäßigkeit wird immer klarer und sichtbarer und wie ein schimmerndes Spinnennetz scheint es sich mit hundert wohlgefügten Fäden an seinen Mauern zu halten. Innige und einfältige Arbeit ist die Wurzel dieses Lebens, und ganz von selbst kommt alles Gute und Große aus ihm heraus: Fleiß und Freude und Frömmigkeit und endlich auch, ohne dass jemand es will, eine Kunst. Eine Kunst, die man von allem anderen nicht trennen kann, weil sie nichts ist, als dieses Leben selbst, wenn es blüht. Wer sich nun entschließt, an Stelle einer mönchischen Gemeinschaft einen einzelnen zu setzen, einen Menschen von heute, der nach dem Willen seines Wesens, wie nach einer Ordensregel seine eigene Welt gebaut, begrenzt und verwirklicht hat, der wird am besten im Stande sein, die Erscheinung Heinrich Vogelers und den Ursprung seiner Kunst zu verstehen; denn man kann von dieser Kunst nicht reden, ohne des Lebens zu gedenken, aus welchem sie wie eine fortwährende Folge fließt. Gleich der Kunst jener mittelalterlichen Mönche steigt sie aus einer engen und umhegten Welt auf, um an der Weite und Ewigkeit der Himmel leise preisend teilzunehmen.

Heinrich Vogeler fand in Worpswede den Boden für seine Wirklichkeit. Seine Kunst ist zuerst ein seliges und entzücktes Voraussagen derselben, und alle Märchen seines großen alten Skizzenbuches fangen mit den Worten: „Es wird einmal sein…" an. Zeichnungen und Radierungen erzählen, feinstimmig und flüsternd, von dem Künftigen. Und später – in Bildern – feiert er, reif und dankbar, die Erfüllungen seines Lebens. Das ist der eigentliche Inhalt seiner Kunst. Was ihn sonst noch beschäftigt, sind Erinnerungen aus Tagen oder Träumen, die er geheimnisvoll, wie Märchen, erzählt. Ein unermüdliches Erforschen der Formen geht nebenher, das ihn immer fähiger macht, alles, bis in die Nuancen genau so zu sagen, wie er es erlebt. Und er erlebt es ungewöhnlich und neu, so dass seine Kunstsprache sich viele Ausdrücke schaffen musste, um seinen Erlebnissen folgen zu können.

Aber auch ganz am Anfang, als sie nur wenig Worte besitzt, gebraucht er keine fremden Ausdrücke neben ihr und bedient sich ihrer, als ob sie unerschöpflich wäre. Und in jenen frühen radierten Blättern trägt gerade das Lückenhafte und stellenweise Ungeschickte der eigenartigen Formensprache dazu bei, den Reiz des Inhaltes zu erhöhen. Es besteht ein gewisser Parallelismus zwischen diesen schütteren Strichen und dem durchscheinenden und dürftigen Wesen der allerersten Frühlingstage, von denen er erzählt. Dünne Birken, Wiesen, in denen schüchtern frühe Blumen stehen, und ein großmaschiges Netz von Ästen, durch welches überall der blasse Himmel sieht. Manchmal sitzt ein schlankes Mädchen, ein stilles, gekröntes Kind, im Gras und schaut mit weiten Augen fortwährend staunend den Vögeln zu, die zu Neste tragen; manchmal steht eine Burg in der Ferne und alle Wege im ganzen Land gehen neugierig auf sie zu.

Radierung.

Frühling. Radierung.

Manchmal ist es Wald im Hintergrund und vor dem Walde steht ein Ritter aufrecht da und bewacht das nachdenkliche Spiel der Schlangenbraut. Oder es kommt eine schmale Quelle gegangen im hohen Gras, und am Horizont vor den weißen, eiförmigen Frühlingswolken taucht ein Knabe auf, ein Hund, Ziegen. Und dann kann man sehen, wie der Frühling wächst: die Bäume scheinen näher zusammenzutreten, die Wege werden heimlicher und bereiten sich vor, zu den ersten Liebestagen hinzuführen. Da entstehen die Blätter: „Liebesfrühling" und „Minnetraum". Die beiden jungen Menschen, die sich lieb haben, wissen es schon. Sie sitzen nebeneinander, still zusammengefügt wie Hand in Hand. Und hinter ihnen erklingt der Liebe Lied, von einem Engel auf hoher Harfe gespielt: vor ihnen aber liegt der Liebe Land, in welchem Frühling ist, tief und aufgetan. Und wenn sie weitergehen, so treten Engel in langen Kleidern hinter den Bäumen hervor und umgeben sie mit ihrem Gesang, und singen alles, so dass ihnen gar nichts mehr zu sagen übrig bleibt:

„Wir müssen, Geliebteste, leise
hinschreiten, ich und du ..."

Es ist mehr als nur ein Frühling in diesen Blättern. Und nicht das Glück der Menschen allein, die sich gefunden haben und nun zusammengehen, erklingt in ihnen, das Glück aller Dinge, die den Frühling fühlen, scheint darin irgendwie ausgesprochen zu sein; Heinrich Vogeler gehört zu denjenigen, von welchen es einmal in einem Briefe Jacobsens heißt, dass ihnen „die Bäume und der Bäume kleine Heimlichkeiten täglich Brot" sind. Er weiß in das Leben der kleinsten Blumen hineinzublicken; er kennt sie nicht vom Sehen und vom Hörensagen. Er ist in ihr Vertrauen eingedrungen und wie der Käfer kennt er des Kelches Tiefe und Grund. Man betrachte seine Blumenstudien: sie sind von einer beispiellosen Gewissenhaftigkeit, und es ist doch nichts Pedantisches an ihnen; denn man fühlt die Wichtigkeit und Notwendigkeit eines jeden Striches und wie er unvermeidlich war. Die Kunst, in einer Blume, in einem Baumzweig, einer Birke oder einem Mädchen, das sich sehnt, den ganzen Frühling zu geben, alle Fülle und den Überfluss der Tage und Nächte – diese Kunst hat keiner so wie Heinrich Vogeler gekonnt. Seine Mappe „An den Frühling" ist viel zu wenig bekannt geworden. Einzelne Blätter derselben gehören zu den schönsten Offenbarungen seines Werkes.

Und hier zeigt es sich auch, weshalb seine Frühlingserfahrung so intim und tief, so wenig allgemein ist. Es ist nicht das weite Land, darin er wohnt, bei dem er den Lenz gelernt hat; es ist ein enger Garten, von dem er alles weiß, sein Garten, seine stille, blühende und wachsende Wirklichkeit, in der alles von seiner Hand gesetzt und gelenkt ist und nichts geschieht, was seiner entbehren könnte.

Die kleinste Blume, die da entstand, hat er zur Taufe gehalten und jeder Rose hat er die Mauer hinaufgeholfen zu dem Platze, wo sie lächeln und leben wollte.

Die Bäume, die draußen in der Heide stehen, sind ihm fremd wie die Menschen, die draußen wohnen; aber seiner Bäume Kindheit hat er Tag für Tag überwacht und hat teilgenommen an ihnen wie an Brüdern. Darum liebt er die großen Winde dieses Landes, weil sie sich wie Hände an seine Bäume legen und das, was er geplant hat, bilden und biegen in den bewegten Nächten des Frühlings, wenn die Stämme, steigender Säfte voll, wie Fontänen stehen im Sturme. Und der weite Himmel ist ihm lieb, weil er seiner kleinen Blumen Licht und Regen ist und der Glanz auf den Blättern seiner Bäume und in den Fenstern des weißen Hauses, das mitten im Garten steht. Er ist der Gärtner dieses Gartens, wie man der Freund einer Frau ist: leise geht er auf seine Wünsche ein, die er selbst erweckt hat, und sie tragen ihn weiter, indem er sie erfüllt. Was er ihm im Herbste vertraut, kommt ihm neu im Frühling entgegen, und was er in den Frühling legt, bleibt nicht so, wächst, wächst in den Sommer hinein, hat ein Leben für sich und seinen eigenen Tod in den tödlichen Tagen des Herbstes. So lebt er sein Leben in den Garten hinein, und dort scheint es sich auf hundert Dinge zu verteilen und auf tausend Arten weiterzuwachsen. In diesen Garten schreibt er seine Gefühle und Stimmungen wie in ein Buch; aber das Buch liegt in den Händen der Natur, die wie ein großer Dichter die flüchtigsten seiner Einfälle gebraucht, um sie auf eine unerwartete Weise auszuführen. So hat er einen Baum gepflanzt oder eine Laube geflochten um des Frühlings willen; und er hat den Baum schlank und zart und die Laube locker gemacht, wie es im Sinne des Frühlings war.

Aber die Jahre gehen, der Baum und die Laube verändern sich, sie werden reicher, breiter und schattiger, der ganze Garten wird dichter und rauscht immer mehr – und so reißen die Dinge, die er aus einem frühlinglichen Empfinden gepflanzt hat, ihn mit, in den Sommer hinein, in den sie sich immer tiefer verlieren. An diesem Garten, an den sich immer steigernden Anforderungen seiner verzweigteren Bäume ist Heinrich Vogelers Kunst gewachsen; hier waren Ihr immer neue, immer schwerere Aufgaben gestellt, Aufgaben, die langsam von Jahr zu Jahr komplizierter wurden und anspruchsvoller. Da waren nicht mehr die kleinen Bäume um ihn, die sich mit wenigen Linien sagen ließen, und was sich rankte, ging nicht nur auf den Spuren mehr, auf denen er es geführt hatte, empor. Aus umrandeten Schleiern waren gefüllte Spitzen aus dichtem Grün geworden, und es galt den Gesetzen eines verschlungenen Musters nachzugehen. Die Kronen der Bäume hatten sich dichter vergittert und überall waren unter dem Einfluss des Wachstums und des Windes neue Linien entstanden, Linien und Systeme von Linien, Überschneidungen und Verkürzungen, die auf den ersten Blick etwas Verwirrendes hatten. Aber es war nicht der erste Blick, der auf ihnen ruhte. Es war ein Auge, das nicht allein sah, sondern das auch wusste und gesehen hatte, wie alles geworden war. Dieses Wissen ist es, was die Bäume, die Heinrich Vogeler später gezeichnet hat, so überzeugend, was das Durcheinander von unzählbar vielen Zweigen so klar und organisch macht.

Er hat manchmal (an den neuen Federzeichnungen) Bäume erfunden, deren Astwerk von so fabelhafter Durchbildung und Gesetzmäßigkeit erfüllt ist, dass sie einer komplizierten Wirklichkeit genau nachgebildet scheinen. Seine Liniensprache, welche auf den frühen Radierungen, nur wenige Ausdrücke, rhythmisch (wie im Volkslied) wiederholte, entnahm dem dichteren Garten tausend Bereicherungen. An Stelle des Lockeren und Lichten, das seinen Blättern und Bildern im Anfang eigentümlich schien, tritt immer mehr das Bestreben, einen gegebenen Raum organisch auszufüllen.

Auf den Radierungen aus der späteren Zeit beginnt diese neue Absicht deutlich zu werden, aber erst auf den Federzeichnungen erfüllt sie sich ganz. Wie eine Baumflechte mit tausend und abertausend Fäden überzieht die Zeichnung das Blatt, überwuchert es mit ihrem Reichtum, breitet sich darinnen aus wie ein Gewebe unter einem Mikroskop. Mag, was den Inhalt dieser merkwürdigen Blätter betrifft, die dekadente Linienphantastik Aubrey Beardsleys anregend auf Vogeler gewirkt haben, das Wesentliche an ihnen wuchs aus ihm heraus, und der Einfluß seines Gartens ist stärker als jeder andere gewesen.

Wie aus dem intensiven und sachlichen Empfinden des Frühlings die filigranen Figuren jener Prinzen und Edelkinder entsprangen, welche die Märchenradierungen erfüllen, so scheinen die phantastischen Gestalten der Zeichnungen aus Sommermärchen zu stammen. Etwas von des Sommers Fülle, Bürde und Überfluss ist in ihnen. Das Schwerwerden der Früchte, aber noch viel mehr das maßlose Aufgehen großer, gezüchteter Blumen, die, weil sie für keine Frucht sparen müssen, immer mehr anwachsen, üppiger und schwerer werden. Kelch rollt sich aus Kelch, und wie Fangarme von Polypen langen die schlangenhaften Staubfäden nach unwahrscheinlichen, gekrönten Vögeln hin, die, im

Buchschmuck zu Oscar Wildes Granatapfelhaus.

Verkehr mit diesen überschwenglichen Blumen ihnen ähnlich werden. Es ist wie ein Meeresgrund, in den man sieht und die Last eines schwerem Meeres scheint über dieser lautlosen Natur zu liegen. Und so wahr und überzeugend ist das Leben dieser Formen, dass man ihnen die Farbe anfühlt, die giftige, glänzende, übertriebene Farbigkeit, die sie verschweigen. Khnopff hat einmal die Bleistiftzeichnung eines unsagbar sinnlichen Mundes „Rote Lippen“ genannt; ähnlich könnten diese Federzeichnungen die Namen unerhörter Farben trafen; man müsste sie ihnen glauben. Wenn schon die Radierungen „An den Frühling“ mit Recht in einer Mappe zusammengefasst werden konnten, so denken diese Blätter noch viel weniger daran, sich an Wände zu wünschen. Ihrer Intimität entspricht es, als Mappenwerk behandelt zu werden, ja man kann sie sich sogar in einem Buche vorstellen als Gegenstück einer mit feingliedrigen und stillen Typen bedruckten Buchseite. Es ist eine Nebenerscheinung dieser eigentümlichen Entwicklung Heinrich Vogelers, dass sie ihn ganz besonders befähigt hat, Bücher zu schmücken. Seine Absichten gehen schon lange (seitdem er sich mit einigen guten Ex libris dem Wesen des Buches genähert hat) nach dieser Seite hin, aber erst jetzt da sein Linienstil diese Durchbildung erreicht hat, wird er imstande sein, ganz Glückliches in dieser Richtung zu leisten.

Einige Titelblätter in der „Insel“, die Ausstattung eines kleinen Bandes Bierbaumscher Gedichte und der wundervolle Schmuck, mit dem er das Drama „Der Kaiser und die Hexe“ von Hugo von Hofmannsthal umgeben hat, bestätigen, dass seine ruhig und geschlossen wirkende, und doch innerlich so reiche Linienkunst wie keine geeignet ist, neben dem Gange edler Lettern wie ein Gesang herzugehen. Aber nicht dem Buchgewerbe allein, allem was Kunstgewerbe heißt, ist dieser Künstler eine große Hoffnung. In seiner auf Verwirklichungen gestellten Eigenart musste sich bald der Wunsch entwickeln, Dinge zu machen. Aus ganz früher Zeit stammen gestickte Bucheinbände, Wandbekleidungen und Gläser, aber auch anderer Gegenstände sucht seine Empfindung, die sich immer mehr in Wirklichkeiten umsetzt, mächtig zu werden. Es ist versucht worden, diesen „Stil“ als eine Nachempfindung des späteren Empire zu deuten, aber es liegt näher, seine Dürftigkeit und Naivität auf das Wesen junger Gärten zurückzuführen und ihn als eine Frucht jener Frühlingskunst zu betrachten, die einen großen Raum in Heinrich Vogelers Schaffen einnimmt. Inzwischen hat auch dieses Stilgefühl sich erweitert und ausgebildet, und es kann sich besser durchsetzen, seit der Künstler sich die Kenntnis einzelner Stoffe erworben hat, seit er weiß, wie Seide und Silber, Holz und Glas behandelt werden müssen, wenn alle Besonderheiten und Tugenden des Materials

Exlibris. 1900.

Exlibris. 1901.

sich enfalten sollen. Vielleicht war es der Mondschein über seinem
Garten, der ihn zuerst auf das Silber hingewiesen hat, das er jetzt, wie
ein Dichter seine Sprache, beherrscht. Er versteht dieses sanfte, wahl-
verwandte Metall und seine mädchenhafte Art wie kein zweiter. Der
schöne Spiegel und die Leuchter, die nach seinem Entwurfe hergestellt
worden sind, können nur Silber sein; man denkt sie in Silber, wenn
man sie abgebildet sieht. Wie er Metall überhaupt zu brauchen weiß,
davon zeugt auch das prachtvolle Messing-Rosengitter des Kamins,
das, indem es organisch aufwächst, zugleich wie ein Visier, das Feuer
durchschauen lässt, das sich dahinter erheben soll.

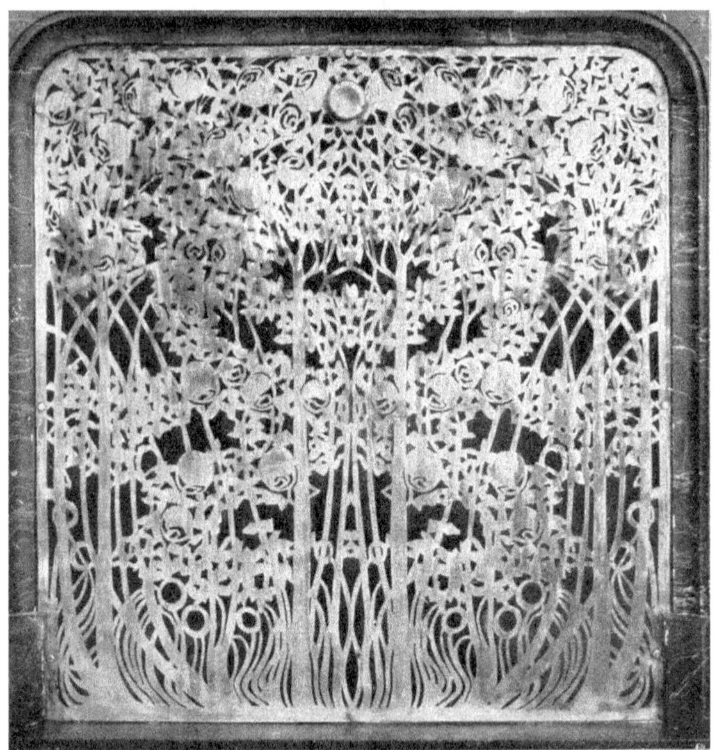

Gitter der Heizkörperverkleidung im Salon.
Ausgeführt in versilbertem Kupferblech von den Vereinigten
Werkstätten, München. 1901.

Die Ausführung von Spitzen war nur ein Schritt in gerader Linie über
die Federzeichnungen hinaus: die Verwirklichung, welche ihnen am
nächsten lag. Aber die Beschäftigung mit anderen Stoffen wies neben

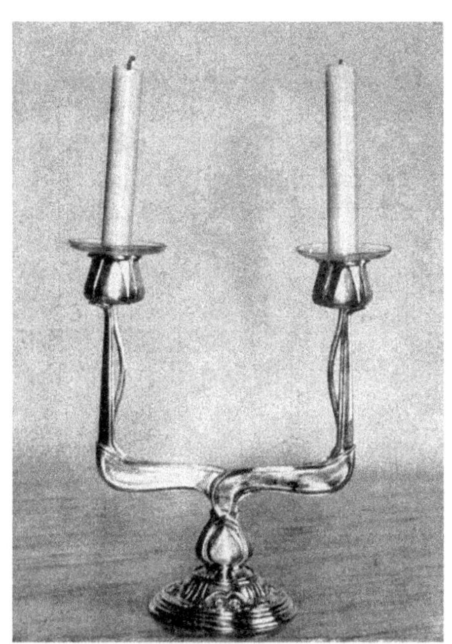

Silberner Tischleuchter. 1901.

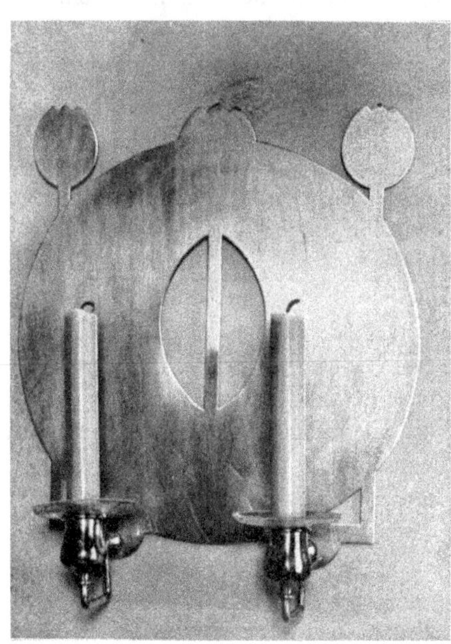

Silberner Wandleuchter.

der Form immer wieder auf die Farbe hin. Und auch für die Farbe und die Farbendichtung: das Bild – wusste der wachsende Garten vieles zu lehren.

Die Farbe auf den frühen Bildern Heinrich Vogelers entspricht in gewissem Sinne dem Kontur der ersten Radierungen; sie ist dünn und fließt hell in den Ufern der Umrisse hin. Wie er sich bei dem ersten Wandteppich mit Applikation größerer Seidenstücke bedient, so finden sich auch auf jenen Bildern gleichmäßige, breite Farbenflächen, welche summarisch und gleichsam im Sinne des einfachen Kolorierens gesehen sind. Damals entstand der Profilkopf eines jungen Mädchens mit rötlich blondem Haar, ein Bild, welches sehr fein und ausgeglichen in den Farbenwerten ist und fast schon auf derselben Höhe steht wie die „Heimkehr". Man kann von diesem Bilde nichts Rühmenderes sagen, als dass in ihm alles Liebliche und Stille aus Vogelers erster Schaffenszeit noch einmal anklingt; es wirkt wie ein letzter Frühlingstag. Die Rosen wurden groß, und morgen wird Sommer sein. Eine wunderbar sanfte Dämmerung ist in dieses Bild mit hineingemalt; alle Farben sind erfüllt von ihr und tragen sie wie ein Licht, welches noch nicht reif geworden ist.

Die Bilder, die nun folgen, sind Versuche, bewegte und lebendige Farben zu malen, Farben, die nicht mehr wie ein Überzug über den Dingen liegen, sondern sich wie fortwährende Ereignisse auf ihrer Oberfläche abspielen. Da entstand jener Ritter auf der Heide, der vor dem hohen Wolkenhimmel hält, und es war etwas Neues in der Art, wie die Luft und die Heide gegeben war.

Das grüne Kleid der Dame auf dem „Frühlingsabend" und die schimmernden Birken hinter ihr zeigten eine intimere Malweise. Aber alles das bereitet nur auf das Bild „Maimorgen" vor, welches das erste vollständige Gelingen auf diesem Wege bedeutet.

Hinter dem weißen Haus und seinen hohen Bäumen geht die Nacht zu Ende, und man sieht seiner Front und den aufflammenden Fenstern den Sonnenaufgang an. Schon steigt flutende Röte die Freitreppe hinan und die Luft zittert vor Kälte und Erwartung. Selten ist die Unruhe und das frohe und fröstelnde Gefühl dieser Stunde so gemalt worden. Es ist nicht ein Stück in dem ganzen Bilde, das nicht teilnimmt am Tagwerden, die Konturen schwingen wie Nerven und sind erregt. Hier ist, was die Farbe betrifft, eine ähnliche Steigerung erreicht wie in den Federzeichnungen in bezug auf die Linie und ihre Lebendigkeit.

Beide Entwicklungen sind nebeneinander hergegangen, zu beiden hat der wachsende Garten den Anstoß gegeben. Indem er dichter

Am Heiderand. 1900.

wurde und sich immer mehr anfüllte mit Formen und Farben, veränderte sich auch das Licht, das ihn umgab. Es fiel nicht mehr breit durch das großmaschige Netz zählbarer Äste auf die Wiesen; die Blätter, die Blüten, die Früchte, die Flächen von tausend aneinander gedrängten Dingen fingen es wie kleine Hände auf und spielten damit, glänzten, dunkelten und glühten.

Mit diesem neuen Wissen und Schauen Bilder zu malen war eine freudige Ungeduld. Rasch nacheinander entstanden das „Melusinen-Märchen" und die „Verkündigung". Bei dem ersteren ist der Zusammenhang mit den Federzeichnungen deutlich erkennbar; auch hier ist die Aufgabe; einen Raum organisch auszufüllen, gelöst, diesmal freilich im farbigen Sinne. Wie ein Mosaik in Grün- und Gold ist dieser wildernde Wald gesehen, aus dessen flimmernder Tiefe das staunende Mädchengesicht dem „tumben" Eisenmann entgegensieht, der heiß und hilflos in der Rüstung steht. Man muss auch bei diesem eigentümlichen Bilde nicht an das Märchen denken, nach dem es benannt ist, aber man könnte eine Geschichte dazu schreiben, die wie ein Märchen klingt. Ist nicht jedes Mädchens Einsamkeit ein solcher verworrener Wald, ein Wald aus tausend Dingen, Träumen und Heimlichkeiten, in den der Mann als der Fremde kommt, schwerfällig, übergroß und mit einer Rüstung angetan, die er nicht brauchen kann? Es ist vielleicht das Unvergesslichste in dem Bilde, wie das Melusinenmädchen mit dieser Wirrnis über vielen Dingen verflochten ist, so dass man nicht sagen kann, wo es beginnt, und ob es nicht die bangen Augen des Waldes selber sind, die sich, neugierig und beunruhigt zugleich, auftun vor dem Unbekannten.

Und dieses Mädchen, das Melusine ist, wenn ein Mann in Waffen ihre Einsamkeit stört, ist Madonna, wenn der Engel kommt mit der Verkündigung der Engel, der die Botschaft bringt, erschreckt. Er ist der Gast, den sie erwartet hat, und sie ist seinen Worten eine weit offene Flügeltür und ein schöner Empfang. Und der große Engel steht über sie geneigt und singt so nah, dass sie keines seiner Worte verlieren kann, und in den Falten seines reichen Kleides steht die Bewegung noch, mit der er sich zu ihr niederließ.

Jetzt ist sein Himmel fern und nur die Erde ist da, und man sieht weit hinein in ihre stille Wirklichkeit. Dieses Bild ist von einer gleichmäßigen, ruhigen Schönheit erfüllt, Glanz und Güte bis in seine fernsten Fernen. Man fühlt, dass dieser Künstler auf einem eigenen Weg zu den Stoffen der Bibel kam; er spricht ihre Worte, wenn er sie malt, nicht wie Wunder aus, vielmehr wie gute, glückliche Begebenheiten, die das Leben reich und wichtig machen. Sein Verkündigungsbild steht den

Verkündigungen der alten Meister näher als etwa den Marienbildern
Rossettis oder Uhdes. Es ist voll Einfalt, Liebe und Innigkeit. Er hat es
nicht auf den Knien gemalt; denn er hat dabei nicht an den Himmel
gedacht, sondern an seinen Garten, der Himmel und Erde ist und Erde
und Himmel. Und man denkt auch deshalb an die alten Meister bei
Heinrich Vogeler, weil sein Leben so anders ist, so schlicht und so feierlich, so klein und so groß. Man weiß nicht, wie man ihn nennen soll.
Er ist der Meister eines stillen, deutschen Marienlebens, das in einem
kleinen Garten vergeht.

***

Die Stürme des Frühlings gehen über das Land. Aber manchmal halten
sie ein und es entsteht eine Stille. Es kommen Tage, da der ganze Himmel Regen ist, lauer hellgrauer Regen – und die ganze Erde ein Empfangen und Halten dieses Regens, der sanft fällt, ohne sich wehe zu tun
und die Stunden gehen, und es gleicht keine der anderen. Und viele
nahen, entfalten sich und schließen sich wieder, ohne dass es jemand
sieht. Und man denkt manchmal, dass das die besten und seltsamsten
sind, die am meisten Größe haben.

Es ist so vieles nicht gemalt worden, vielleicht alles. Und die Landschaft liegt unverbraucht da wie am ersten Tag. Liegt da, als wartete sie
auf einen, der größer ist, mächtiger, einsamer. Auf einen, dessen Zeit
noch nicht gekommen ist.

Westerwede, im Frühling 1902.

Fortentwicklung ist die Parole der Worpsweder gewesen, seitdem sie
in der denkwürdigen Münchener Ausstellung von 1895 ihren großen
ersten Erfolg davongetragen haben. Es gab kein Stehenbleiben, kein
Sichwiederholen in ewigem Kreislauf, obwohl glücklicherweise der
Aufenthalt in dem kleinen Dorfe alle Hast und Unruhe dem Schaffen
der Kolonie fernhielt. Was hier Neues entstand, fügte sich dem Gewe-
senen organisch an; in stiller, emsiger Arbeit erweiterten sich die Kreise der Betätigung.

Heinrich Vogelers letzte Epoche ist, wie bei den anderen, die logi-
sche Konsequenz seiner früheren Zeit. Seine von deutsch-romanti-
schen Gedanken und englisch-präraffaelitischen Zügen beeinflusste
moderne Märchenpoesie festigte sich und zog weitere Kreise. Gelegentlich nimmt sie eine ganz neue Wendung, wie in dem „Antiken
Märchen". Das entzückende Bildchen, das uns aus der Bremer Tief-

201

ebene so energisch in südliche Gefilde entführt, erinnert unmittelbar an andere deutsche Künstler unserer Zeit.

Antikes Märchen. Ölgemälde

Der Name Ludwig von Hofmanns wird jedem auf die Lippen kommen. Die holde Nacktheit der jugendlichen Schönen, ihre Stellung an dem Baum, dessen starre gerade Linie ihre schwellenden Glieder nur um so weicher, um so bewegter, lebendiger und reizvoller erscheinen lässt, der Kontrast der voll erblühten Menschentochter mit den plumpen dunklen Gestalten der Robben, die dort zur Seite aus dem Meer gestiegen sind und ihre behaarten Schnauzen schnuppernd in die Salzluft hinaufrecken, das alles lässt an Hofmann denken. Aber in der Zeichnung liegt doch etwas, das ganz und gar Vogeler gehört. Man beachte die Art, wie die Blümchen am Fuß des Baumes wie dessen Rinde gegeben, wie der Umriss der Gestalt gezogen ist. Das ist nicht mehr der in weichen Farben schwelgende Deutsch-Römer Hofmann, sondern ein echtes Werk des niederdeutschen Künstlers, der immer mehr seine Lust in der Zartheit und Intimität des Zeichnerischen, Graphischen gefunden hat. Wie weit das geht, zeigt deutlich genug die wachsende

Neigung zur Radiernadel und weiter die immer lebhaftere Freude am Dekorativen und Kunstgewerblichen.

Das Blatt „Walther von der Vogelweide" ist eine reizende Mischung Vogelerscher Märchenart mit Motiven der Überlieferung. Es ist eine Schwarzweißminiatur, ein Bildchen, das die Manessesche Handschrift zieren könnte, wenn die Feinheit der Zeichnung der Wiese und des Hintergrundes mit der Stadt, ihren Mauern, Zinnen und Türmen nicht die moderne Herkunft des Blattes verriete, und wenn nicht auch dieser Rittersmann bei allem Ernst des Gesichtsausdrucks jene verhaltene Schalkhaftigkeit hätte, die Vogelers Poesiegestalten so oft an den Tag legen, als wenn sie uns augurenhaft zublinzeln und zugleich durch diese Vertraulichkeit die skeptischen Zweifel der helläugigen Gegenwartsmenschen besiegen wollten.

Walther von der Vogelweide. Radierung.

Es ist das Geheimnis dieses Künstlers, wie er diese leise, feine Ironie, ganz im Sinne der deutschen Romantik, mit einer naiven Überzeugtheit verbindet. Der Reiz, der durch solche Komplikationen unseres Empfindens entsteht, ist doppelt stark (vergl. dazu auch das „Wintermärchen"). Wie schlichtversonnen sitzt dieser ritterliche Sänger da:

Ein Ritter, und ein Sänger, und: ein Deutscher!

Von solchen graphischen Finessen war es kein großer Schritt zum Reindekorativen, das in den jüngsten Jahren bei Vogeler stets mächtiger geworden ist. Das Zieren, könnte man sagen, wurde zum Schmücken. Und wie die gesamte moderne Kunst des Dekorativen und Gewerblichen von der Buchkunst ausgegangen ist – in ihrem Mutterlande England war es ja nicht anders –, so erging es auch ihm. Das Triptychon „Sommerabend", das in der letzten Zeit überall in Deutschland auf den Ausstellungen erschien, bildet für die Übertragung von Wirklichkeitsstücken in die Sprache ausdrucksvoller breiter Flächen, die er nun gern vornahm, bis jetzt den Höhepunkt. Ein großes Bild, das eine Gesellschaft auf der Terrasse vor Vogelers schönem Worpsweder Hause zeigt. Die Figuren verteilen sich über den Raum, der in ein Mittelbild und zwei Seitentafeln zerschnitten ist, um nur recht deutlich anzuzeigen, dass es sich hier nicht um etwas handelt, was mit realistischen Maßstäben gemessen werden könnte. Die Absicht der Anlehnung an die Komposition alter Altarbilder ist klar genug; etwas Feierliches soll gegeben werden, das der Banalität des Alltags entrückt ist, zugleich ein schöner und passender Schmuck für einen Saal des Hauses oder für die Diele. Ruhige, milde Farben, die der Lichtklang der sommerlichen Frühdämmerung erzeugt, bestimmen das Ganze. Alles sehen wir wie durch einen feinen Schleier, und die Gesichter der Menschen lassen erkennen, wie auch sie von der seltsamen Stimmung der Stunde erfasst sind. Doch auch sie ordnen sich der Flächenanordnung unter, die für die Wirkung des Dreibildes den Ausschlag gibt.

Die kunstgewerblichen Bemühungen Vogelers aber haben dazu geführt, der Kolonie von Worpswede einen ganz andern Charakter zu geben. Die Kulturströmung, die um 1900 ganz Deutschland ergriff, hat hier ein Neues erzeugt, das ohne Zweifel berufen ist, dem, was einst nur auf unbestimmte Zeit begründet ward, nun dauernde Geltung zu sichern. Das Zusammenleben einiger Maler muss und wird sich lösen; eine gewerbliche Werkstatt aber, wie sie die durch Vogeler ins

Leben gerufene Worpsweder Kunstgewerbeschule darstellt, kann sich zu einer bleibenden Institution entwickeln. Die Kunst, die als Gast in Worpswede weilte, hat damit gleichsam Heimatsrecht erworben. Keine bessere Form aber, sich anzusiedeln, gibt es für sie, als wenn sie sich auf den festen und sichern Boden des Handwerks stützt. Und schon zeigt sich die notwendige, froh zu begrüßende Folgeerscheinung: jüngere Kräfte rücken an und machen sich durch ihre Arbeiten bemerkbar, an ihrer Spitze der jetzige Leiter der Schule, Bernhard Tappert.

Genau wie einst dem Naturstudium der Maler kommt jetzt dem Worpsweder Kunstgewerbe die Ruhe des Ortes, seine Entfernung von der großen Welt zustatten. Keine Verwirrung durch die aufregenden, täglich neu hereinstürzenden Anregungen gibt es hier, wie sie der lärmende Betrieb großer Kunstzentren mit sich bringt. Und in aller Stille lässt sich hier der Anschluss an die Traditionen finden, die wir im Kunstgewerbe, in der Architektur und der Innendekoration so notwendig gebrauchen: an die Überlieferungen der alten bürgerlichen und bäuerlichen Kultur aus der Zeit vor dem großen nationalen, politischen und wirtschaftlichen Umschwung Deutschlands, der uns künstlerisch zunächst einen Niedergang brachte. Es ist keine „Biedermeierei", sondern ein vernünftiges und logisches, gesundes und sinnvolles Anknüpfen an das Ererbte, was von Vogelers Schule getrieben wird, wenn sie jene Motive aus neuem Geist heraus belebt. In der Großstadt mögen solche Anknüpfungen an das Überlieferte oft preziös und kokett erscheinen. Sie passen in der Tat schlecht zu der Kultur des Technischen, Ingenieurhaften, der raffiniert gesteigerten künstlichen Beleuchtung, des hastigen, hitzigen Verkehrs, der praktischen Zweckmäßigkeit und der himmelanragenden Mietskasernen. In Worpswede erscheinen sie nur natürlich und gegeben. Denn gerade in den Städten und Dörfern Nordwestdeutschlands finden sich noch heute vorzügliche Beispiele jener soliden und behaglichen Einrichtungsstücke aus der ersten Hälfte des neunzehnten Jahrhunderts.

Wie sehr das Meer nicht nur in lang vergangenen Epochen, sondern bis an die Schwelle der modernen Zeit ein Kulturträger war, erkennen wir ohne weiteres, wenn wir das häusliche Leben der germanischen Welt der Gegenwart studieren. In Mittel- und Süddeutschland, wo man weit von der Küste entfernt war, müssen wir heute erst mühsam alles wiederaufbauen. In den Ländern aber, die das Meer umspült, in England, in Schweden, in Norwegen, in Dänemark, haben wir eine eigne, alte, bodenwüchsige Kultur, die sich von der Gestaltung des Hauses bis zu den Gewohnheiten der Küche erstreckt! Auch die nördlichsten Streifen Deutschlands haben ihren Anteil daran. Namentlich wieder diejenigen Stämme, die von alters her regen Verkehr mit den verwandten Völkern jenseits des Meeres unterhielten: an der Ostsee Mecklenburg, das nach Schweden hin, an der Nordsee das Revier der Niedersachsen, das nach England und Dänemark hin gravitierte. Und gerade Dänemark, das auf dem gesamten Kunstgebiet in der Zeit des Vormärz auf die norddeutschen Städte so maßgebenden Einfluss ausübte – ohne die Kopenhagener Schule Eckersbergs ist ja die bedeutsame Malerei der Runge, E.D. Friedrich, Louis Gurlitt usw. nicht zu denken –, besaß in der sogenannten Biedermeierperiode eine Architektur und ein Kunstgewerbe von so ausgesprochener und charakteristischer Geschlossenheit wie wenige andere Gebiete. Noch heute klingt die trauliche Stimmung dieser altväterischen Häuser und Stuben in der feinen Interieurmalerei der modernen Dänen wieder, vor allem in den bezaubernden Bildchen Viggo Hammershöis. Aber auch die Neubelebung jener von durchaus germanischem Geist erfüllten Innenarchitektur und Zimmerausstattung nach den Jahrzehnten der historisierenden Stilkopie ging von Dänemark aus. M. G. D. Bindesböll ward hier der Führer, und in Deutschland hat Otto Eckmann, einer der energischsten Rufer im Streit um eine Erneuerung des Kunsthandwerks um 1900, bewusst an Bindesböll angeknüpft – das sind Zusammenhänge, die oft unbeachtet bleiben.

Vogelers kunstgewerbliche Bemühungen setzen diese Linie weiter fort, ohne dass irgendwie von Nachahmung gesprochen werden könnte. Die jüngere Künstlergeneration, aus der er hervorgegangen, hatte schon von Hause her ganz andere Ziele und Tendenzen als Eckmann und seine Mitkämpfer. Sie brauchte sich nicht mehr zu der Erkenntnis der Wichtigkeit des Handwerks durchzuringen, sondern fand diese Voraussetzungen bereits als fertige Grundlage für ihre Weiterarbeit vor. Sie hatte auch den Japanismus schon verdaut, den jene sich erst als etwas Fremdartiges eroberten, und konnte zugleich Anregungen und Vorbilder von anderen Seiten, namentlich von England und Schottland, auch von Wien her, nutzen. Und sie konnte nun weit freier und souveräner aus diesen reichlich fließenden Quellen schöpfen, um zu eignen und neuen Resultaten zu gelangen. Bogeler vor allem hatte als Maler sich allmählich eine so festumgrenzte dekorative Stilsprache angeeignet, dass seine Arbeiten auch in dieser Kunstprovinz völlig den Stempel seines persönlichen Geistes tragen. Sein zarter, romantischer Sinn spricht aus allen seinen kunstgewerblichen Entwürfen und Schöpfungen und gibt den wiederaufgenommenen bodenständigen Überlieferungen, sobald sie seine Hand passieren, ein ganz bestimmtes Gepräge.

Dieleneinrichtung für Landhaus.

Zimmer einer jungen Frau.

Am wichtigsten aber erscheint mir die letzte Phase der Werkstätten, die Vogeler am Weyerberge begründete: da das allzu Persönliche, das zuerst sich stark vorschob, sich bescheiden zurückzuhalten begann, um ein Streben nach der Bildung allgemein gültiger Grundformen zu ermöglichen, zu der jede Epoche von einheitlichem und eigenem Kunstgeschmack hinsteuerte und hinsteuern muss.

So mündete die Kunst von Worpswede in den großen Strom der deutschen Kunstsehnsucht unserer Tage.

Detail der Vorhänge im Salon. 1901.

Abendsonne im Moor.

Berliner Kunstausstellung.

Erster Sommer. Nach dem Stich.

Erster Sommer. Nach dem Gemälde.

Heimkehr. 1899.

Sommerabend. Radierung. 1900.

Wintermärchen.

Wintermärchen. Ölgemäldde

Tod und Alte.

Verkündigung. Radierung.

Mühle im Teufelsmoor. Nach dem Gemälde.